MW01641733

Une autre île d'Orléans

DU MÊME AUTEUR

Je voulais te parler de Jeremiah, d'Ozélina et de tous les autres..., Éditions Hurtubise HMH, 1967 ; Libre Expression, 1994.
Les Hirondelles, Éditions Hurtubise HMH, 1973 ; Libre Expression, 1995.
Cap-aux-Oies, Libre Expression, 1980, 1991 en édition illustrée, 2004 dans la collection Zénith.
Giriki et le prince de Québec, Libre Expression, 1982.
Montréal by Foot, Les Éditions du Ginkgo, 1983.
Oka, Les Éditions du Ginkgo, 1987.
Promenades et Tombeaux, Libre Expression, 1989, 1996 en édition illustrée, 2004 dans la collection Zénith.
Gabzou, Libre Expression, 1990.
L'Île aux Grues, Libre Expression, 1991.
Lise et les trois Jacques, Libre Expression, 1992.
Géographie d'amours, Libre Expression, 1993.
Bonjour, Charles !, Libre Expression, 1994.
Le Fleuve, Libre Expression, 1995.
Ladicte coste du nort, Libre Expression, 1996.
Stornoway, Libre Expression, 1996.
Les Terres Rompues, Libre Expression, 1997.
Chère chair, Libre Expression, 1998.
Les Montérégiennes, Libre Expression, 1999.
Hivers, Libre Expression, 1999.
Les Escapades de Jean O'Neil, Libre Expression, 2000.
Le Livre des Prophètes, Libre Expression, 2000.
Le Roman de Renart, Libre Expression, 2000.
Entre Jean, correspondance 1993-2000 avec Jean-Paul Desbiens, Libre Expression, 2001.
Les Nouvelles Escapades de Jean O'Neil, Libre Expression, 2004.
Mon beau Far West, Libre Expression, 2005.

Collectifs

« Poèmes », dans *Imagine..., science-fiction, littératures de l'imaginaire*, n° 21 (vol. V, n° 4), avril 1984.
« Le Temps d'une guerre », récit, dans *Un été, un enfant*, Québec/Amérique, 1990.
« L'Amour de moy », récit, dans *Le Langage de l'amour*, Musée de la Civilisation, 1993.
Gilles Archambault, collection Musée populaire, Éditions Ciel d'images, 1998.
Les Escaliers de Montréal, album photographique de Pierre Philippe Brunet, Éditions Hurtubise HMH, 1998.
L'Île Sainte-Hélène, album photographique, Éditions Hurtubise HMH, 2001.
Un œil de Chine sur le Québec, album photographique de Deke Erh, Shanghai et Hong Kong, Old China Hand Press, 2001.
Les Couronnements de Montréal, album photographique, Éditions Hurtubise HMH, 2002.
Côtes du Nord, album photographique de Robert Baronet et Claude Bouchard, Québec, Les Publications du Québec, 2005 (Collection Coins de pays).

Théâtre (non publié)

Les Bonheurs-z-essentiels, Théâtre de l'Estoc, 1966.
Les Balançoires, Théâtre de Quat'Sous, 1972.

Jean O'Neil

Une autre île d'Orléans

Récits

Catalogage avant publication de Bibliothèque et Archives Canada
O'Neil, Jean

Une autre île d'Orléans

Comprend des réf. bibliogr.

ISBN-13 : 978-2-7648-0239-7
ISBN-10 : 2-7648-0239-0

I. Titre.

PS8529.N3A92 2006 C843'.54 C2006-940379-1
PS9529.N3A92 2006

Directeur littéraire
André Bastien
Illustration de la couverture
Gilles Archambault
Maquette de la couverture
France Lafond
Infographie et mise en pages
Édiscript enr.

Les Éditions Libre Expression remercient le Musée canadien des civilisations de son aimable collaboration.

Les Éditions Libre Expression reconnaissent l'aide financière du gouvernement du Canada par l'entremise du Programme d'aide au développement de l'industrie de l'édition (PADIÉ) pour ses activités d'édition. Nous remercions le Conseil des Arts du Canada, la Société de développement des entreprises culturelles du Québec (SODEC) du soutien accordé à notre programme de publication. Gouvernement du Québec – Programme de crédit d'impôt pour l'édition de livres – gestion SODEC.

Les Éditions Libre Expression
7, chemin Bates
Outremont (Québec) H2V 4V7

Dépôt légal – Bibliothèque et Archives nationales du Canada, 2006

ISBN-10 : 2-7648-0239-0
ISBN-13 : 978-2-7648-0239-7

À Marianne,
Élisabeth,
Béatrice,
Nadine
et Stéphane,
ainsi qu'à Harry Belafonte,
pour le pur plaisir de chanter
en se déhanchant
sur une île.

Mes remerciements à madame Janouk Murdock, comtesse de Shipshaw, qui m'a accompagné tout du long de ce retour à l'Île.

Merci également à mesdames Patricia Forget et Louise Renaud, de même qu'à monsieur Benoît Thériault du Musée canadien des civilisations, qui ont fait les recherches et autorisé la reproduction du texte de notre grand anthropologue, ethnologue et folkloriste Marius Barbeau, auteur de «mon» chapitre «1936», tiré directement de son livre *Québec où survit l'ancienne France* publié par la Librairie Garneau limitée, de Québec, en 1937. J'ai reproduit son texte pour témoigner de réalités historiques, pour rendre hommage à un de nos grands oubliés et pour la fierté de m'associer à ses travaux.

Et merci à tous mes interlocuteurs, plus aimables que nature, comme on pourra le lire.

Table

1

Tous les étés

Tous les étés, mes parents
louaient une maison à l'île d'Orléans,
à Saint-Laurent,
une maison qui appartenait
au curé de Cap-Santé
et qui était voisine de l'hôtel des Fillion.
C'était magnifique.
Tout le plaisir que j'ai eu là !

Marie-Marthe Belleau aura cent trois ans dans trois semaines et ça fait plus de soixante ans qu'elle me raconte ses souvenirs de l'île d'Orléans, qu'elle me prie de les noter et de les reprendre, car c'étaient, croit-elle, les derniers beaux jours de l'Occident. Elle avait sept ans en 1910 et sans doute ressemblait-elle un peu à l'enfant que Jean Paul Lemieux a incarné sur sa toile *1910 Remembered.*

Fichtre ! que je me défendais de lui répondre. Avec tous les historiens, les ethnologues, les peintres, les poètes et les que-sais-je qui ont jacté et barbouillé sur le sujet, Dieu me garde d'entrer dans la ronde des sorciers de l'île d'Orléans !

N'empêche que mes premières excursions autour de Québec furent pour l'île d'Orléans que je marchai tout du long de son ellipse et de tous ses travers pour vérifier certaines de ses légendes avant de m'en lasser et de porter ailleurs mes curiosités. J'y ai célébré des folies de jeunesse, avec les libations d'usage au Soleil levant et aux jeux de cet âge. Et j'y ai vécu des saisons plus austères, d'un septembre à l'avril suivant, dans la curée des citadins qui viennent aux pommes, dans la paix des feuilles qui tombent, dans le chahut des oies qui retournent du Grand Nord, dans l'enfer blanc des bourrasques qui se promènent en hurlant sur le fleuve et sur l'île, sous les volées d'oies qui reviennent prendre d'assaut les battures aux dégels et, surtout, attentif au baiser timide du soleil sur les sanguinaires, les hépatiques et les érythrones qui fleurissent le printemps hâtif.

Mais Dieu ne m'a pas gardé et voici que je… que je… que je ne sais trop quoi dire pour expliquer que j'en jacte et que j'en barbouille, rien à dire sinon qu'on est revenu à la charge et qu'on m'a redemandé :

– Pourquoi ne racontes-tu pas l'île ?

Et parce qu'on insistait, j'ai fermé les yeux et j'ai soudain revu l'île émerger du néant comme Éden en un Livre et s'ancrer dans le fleuve comme un paradis terrestre chargé d'histoire et d'histoires, chargé des hommes et des femmes de mon pays, sorciers, nés-natifs, étranges qui, siècle après siècle, déferlent avec les vertus et les sottises de leur âge ; un paradis terrestre chargé de vaches, de chevaux, de porcs et de volailles diverses, arche d'un Noé qui s'appelait plutôt Bacchus ; un grand jardin chargé de pommes, de prunes et de fraises, de pommes de terre, de choux et de poireaux ; un grand parterre chargé de fleurs en chaque verger, en chaque pelouse ; un grand domaine auréolé de tous les oiseaux de la terre et de l'eau, qui vont et viennent avec le ballet des saisons dans un microcosme irréel, une éternité passagère reliée à la terre dans l'espace et le temps par une passerelle diaphane qui est guipure d'acier sur fond de vase, de brume ou de glace ; une grande seigneurie grisée par le parfum vieillot de traditions blotties en des meubles précieux ; un fief des temps anciens tout grouillant d'une jeunesse qui fleurit en tracteur, en auto, à vélo, à fourneaux, à ciseaux, à guitares et à pinceaux sur des racines d'hier qui ont goût d'avenir à travers des tapis de feuilles mortes, au soleil du printemps qui vient toujours à bout des neiges revenantes.

L'île d'Orléans !

Mythe fabuleux, utopie durable, historiée, cadastrée, cartographiée, photographiée, inventoriée, répertoriée, cataloguée, peinte, chantée, classée monument historique, passé glorieux, berceau de race, paysannerie tenace, mémoire de noblesse, fierté nationale, refuge du vrai, du beau, du correct, du désirable et de l'excellent.

Espace encadré dans des lois et règlements de développement qui font que la vie de demain doit être compatible avec celle d'hier et que l'aujourd'hui est en équilibre instable entre les deux.

– Il se construit cinquante maisons par année dans l'île d'Orléans. Dans dix ans, cela fait cinq cents maisons. Tu vois l'île d'Orléans actuelle avec cinq cents maisons de plus ?

Fini le rêve, finie la mélopée des maisons normandes accroupies sur la glèbe féconde des poètes ronflants et chaulées de neuf au retour des saisons.

– Non, mais tu vois ça, cinq cents maisons ?

Je ne vois rien, vraiment, sauf ma mère qui pleure son passé comme chacun fait, bien longtemps avant d'avoir cent trois ans, sauf mes longues promenades que je ne referais plus, sauf ses paysages plus doux que tant d'autres, mouillés et fertiles, fertiles et mouillés, horribles de violence quand le fleuve et le vent s'en mêlent, sauf ses gens, parfois célébrés de façon merveilleuse et souvent abusés par les artistes du minable, rien sauf le soleil qui joue dans les vergers, les fleurs qui reviennent avec les oies au printemps et qui repartent avec elles à l'automne, rien sauf les quelques troupeaux qui restent et qui ruminent le passé et l'avenir en plein air ici et là, rien sauf le cœur des gens que j'ai connus, que je connais, que je découvre et que j'aime encore quand ils ne sont pas trop têtus, juste assez.

Ah ! la maudite île d'Orléans !

Avec son odeur de fromage disparu et qui essaie de « reviendre », son goût de soupe aux pois, d'omelette au lard, de quiche aux poireaux, de gelée de pommettes et de tarte au sucre d'érable !

À chacun son musée au coin de son cœur.

– Vraiment, pourquoi n'en parlerais-tu pas un peu ? Rien qu'un peu.

2

L'hippopotame

Nous ne pouvons savoir !
Nous sommes accablés
*d'un manteau d'ignorance**

Il n'est que de regarder pour voir, mais sans doute regardons-nous souvent mal, car nous ne voyons pas toujours bien.

De la terrasse Dufferin à Québec, le spectacle coupe la parole sans qu'on sache trop pourquoi, sauf que c'est extraordinaire. Les Laurentides accourent des confins du pays pour plonger dans le Saint-Laurent à la verticale du cap Tourmente et ce même pays repart tranquillement à l'horizontale vers les lointaines Appalaches.

Intermède pour agrémenter la césure, l'île d'Orléans patauge dans le fleuve comme un hippopotame en émersion et c'est encore plus évident quand on se fait oiseau et qu'on s'offre le plaisir de la survoler.

D'où nous vient donc cet hippopotame ?

---

* Arthur Rimbaud, *Soleil et Chair*.

Les continents de la Terre n'ont pas toujours été dispersés comme ils le sont aujourd'hui. On sait maintenant qu'ils se promènent à la surface de la planète, qu'ils s'éloignent les uns des autres au gré des millénaires et qu'ils se rassemblent ensuite des millions d'années plus tard pour se séparer encore, toujours avec une lenteur qui rend leurs voyages quasiment imperceptibles à l'homme, ce jeunot de notre univers. Nos ongles poussent plus rapidement que les continents ne se déplacent. C'est dire.

Et pourtant, ils se déplacent. Tellement lentement que l'homme s'en est aperçu il y a moins de un siècle. La littérature scientifique en attribue la première mention à l'Américain Frank B. Taylor qui, en 1908, suggérait que les montagnes naissent de la collision entre surfaces terrestres. C'est toutefois Alfred Lothar Wegener qui, le premier, offrit une théorie générale et acceptable de la dérive des continents en publiant *Die Entstehung der Kontinente und Ozeane* en 1915. Le livre attira suffisamment l'attention pour obtenir une traduction française en 1937*. Wegener était déjà mort, à cinquante ans, lors d'une expédition au Groenland et c'était aussi bien ainsi, car sa théorie ne fut jamais prise au sérieux avant les années 1960 et ça lui aurait sans doute fait de la peine.

L'évidence était là, pourtant. La dérive des continents est inscrite dans les roches qui racontent leurs lointains passages sous les tropiques avec des fossiles de pollen, de trilobites ou de palmiers identiques au-delà des océans. Elle est inscrite dans le contour de leurs rivages qui s'épousent comme les pièces d'un puzzle géant, à des milliers de kilomètres de leur ancienne association.

---

* Alfred Lothar Wegener, *La Genèse des continents et des océans*, Paris, Nizet et Bastard, 1937.

Mais non, l'homme ne voyait pas, sauf que depuis 1960 c'est un foisonnement de travaux, d'hypothèses et de publications à n'en plus finir pour pister les plaques tectoniques qui se carapatent à vitesse d'escargots sur le manteau visqueux de la planète, au-dessous des croûtes continentales et océaniques. Depuis les milliards de milliards d'années que la Terre se roule sur elle-même et autour du Soleil, les géologues n'osent plus deviner combien de fois les continents se sont réunis pour ensuite repartir en goguette chacun de leur côté comme des tamponneuses à la foire. À mesure que les continents se déplacent, évidemment, les océans s'agrandissent ou rapetissent, et pour y comprendre quelque chose il faut nommer ces continents, ces océans, car l'Homme se perd en lui-même quand il ne nomme pas les choses.

Inutile de préciser que l'Homme n'était pas là pour nommer les continents et les océans et qu'il est en plein rattrapage. La dernière réunion connue date de quatre milliards d'années. 4 000 000 000. Wegener lui a donné le nom de « Pangée » qui, en grec, signifie « toute la terre », c'est-à-dire « tous les continents réunis ». Depuis, les continents se fuient, l'océan Atlantique s'agrandit d'un centimètre ou deux par siècle, le Pacifique se rétrécit d'autant et c'est pareil ailleurs *mutatis mutandis*.

Les tamponneuses en question ne sont pas tellement les continents que les plaques tectoniques sur lesquelles ils sont construits comme des châteaux de cartes. Elles se promènent avec leur fardeau et si elles se heurtent soudain, l'une se glissera sous l'autre et se fondra dans le manteau pour créer des volcans, probablement, ou alors elles se hérisseront l'une contre l'autre pour créer des chaînes de montagnes, avec force séismes évidemment.

Debout sur la terrasse Dufferin à Québec, on voit tout cela devant soi ; on voit l'invraisemblable spectacle d'un continent qui se glisse sous l'autre, mais il fallait savoir avant de voir.

Il fallait savoir que, même avant le rassemblement que Wegener a appelé la Pangée, deux des continents en maraude ont commencé à se rapprocher l'un de l'autre. Après lui, d'autres géologues se sont mis de la partie pour tout nommer afin de se comprendre entre eux. On a donné le nom de Laurentia au premier et de Baltica au second. L'océan qui les séparait s'est appelé Iapetus, du nom d'un titan grec, père d'Atlas et de Prométhée.

Voici donc que Laurentia et Baltica se rapprochent de plus en plus tandis qu'Iapetus se rétrécit d'autant. Bientôt, les plaques tectoniques porteuses se heurtent. Celle qui soutient Baltica se glisse sous celle de Laurentia. Coincé, le fond de l'océan Iapetus se relève et se plisse, un petit peu d'abord et un gros peu ensuite.

C'était il y a des millénaires de millénaires et c'est encore maintenant, car les Laurentides, le cap Tourmente et la haute barrière de Charlevoix sont le rebord du continent Laurentia, les îles du Saint-Laurent, la Côte-du-Sud et les montagnes lointaines, ce sont le fond de l'océan Iapetus qui se relève et se plisse, timidement d'abord, pour se cambrer ensuite avec une vigueur qui forme toute la chaîne des Appalaches.

La rencontre n'a pas fait flamber des volcans comme en créent les heurts dans l'océan Pacifique, mais, avec des intensités diverses, les séismes n'ont jamais cessé dans Laurentia à mesure que les fonds marins d'Iapetus se glissaient et se glissent toujours sous elle. Charlevoix, tout particulièrement, a la tremblote facile et quasi permanente.

À ce point des âges planétaires arrivent maintenant les glaciations de l'ère quaternaire, deux millions d'années de périodes glacières avec quelques alternances de redoux. Des glaciers de plusieurs kilomètres d'épaisseur qui écrasent le continent sous leur poids et qui, en se retirant au bout de leur règne, rabotent le pays sans rémission, écrêtent les montagnes, creusent des lacs et de longs sillons dans le plus tendre du continent, comme ce fleuve Saint-Laurent à nos pieds, dans le joint de Laurentia et des croûtes marines d'Iapetus.

Disparues les glaces et râpés les sommets himalayens, il reste ce paysage devant nous.

Quand on ne sait pas, on ne voit pas toujours, mais quand on sait on voit tout.

On voit que Laurentia coupe carré et qu'un autre continent se glisse sous lui, par petites bosses d'abord dans le filet d'eau du fleuve, petites bosses comme l'île d'Orléans, un peu de fleuve encore et ensuite, de Lévis, de Lauzon, voici la longue montée vers Buckland, Saint-Magloire, Daaquam et les sommets appalachiens qui bordent la frontière du Canada et des États-Unis.

On voit très bien, aussi, que l'île d'Orléans, quasi symétrique dans son ellipse allongée, émerge du fleuve comme un hippopotame qui ne se montre que le dos. Il fut même un temps où la ville de Québec était une île comme elle, jumelle presque, à l'époque où le fleuve l'encerclait au nord par-dessus les actuels quartiers Limoilou, Saint-Roch, Saint-Sauveur, Duberger, Les Saules, jusqu'à Saint-Augustin-de-Desmaures et à Neuville.

Creusé dans la suture des continents réunis, le Saint-Laurent libre de glace coule en rognant et en effilant les îles dans le sens de sa course, au fil du temps.

Parmi ces îles, il y avait celle de Québec, qui n'en est plus une, et celle qui porta les noms de Minigo au temps des Amérindiens, puis de Bacchus avant d'être appelée d'Orléans par Jacques Cartier. Elle est encore insulaire, mais elle ne le sera plus avant longtemps, si l'on pense en termes d'âges géologiques.

C'est que, durant tout ce temps, la région de Québec a été soumise à un brassage de courants et de marées qui charrie les alluvions du fleuve de part et d'autre dans la région de son estuaire. Ces alluvions, le Saint-Laurent les arrache à toutes les terres qu'il traverse depuis les Grands Lacs et le cœur de l'Amérique. Il pourrait les transporter jusqu'à l'Atlantique, sauf que la marée venue de l'océan renverse le courant deux fois par jour et que les alluvions, repoussées vers l'intérieur, finissent par se déposer sur place, là où les courants sont les moins énergiques. Ainsi, le chenal Nord de Québec s'est envasé et s'est rempli au cours des millénaires et le chenal Nord de l'île d'Orléans se comble lui aussi peu à peu, comme s'agrandissent de façon infinitésimale les autres îles de l'estuaire soumises à ce va-et-vient quotidien, d'où la nécessité d'un dragage quasi permanent derrière notre hippopotame, entre la pointe Argentenay et le cap Brûlé, entre Laurentia et Iapetus, pour maintenir la circulation maritime entre l'Atlantique et le cœur de l'Amérique.

Une autre cicatrice géologique commune aux deux îles est la longue faille Logan, qui court du Tennessee jusqu'à Québec, qu'elle coupe de Cap-Rouge jusqu'à La Pointe-à-Carcy, où elle plonge dans le fleuve pour ensuite aller tailler l'île d'Orléans, délimitant, au nord, les formations dites de Lorraine et, au sud, celles dites de Beekmantown.

Si tout cela est trop savant, retenons tout de même que l'île d'Orléans est un hippopotame dont on ne voit que le dos. En Afrique, les oiseaux se rassemblent sur ce dos pour picorer toutes sortes de bonnes choses laissées là par les eaux que la bête fréquente. On dit même qu'ils vont lui nettoyer les dents, à l'hippopotame, quand il bâille. L'hippopotame du Saint-Laurent ne bâille jamais, mais il y a plein de gens et de bonnes choses sur son dos, des nés-natifs et des étranges, du fromage, des pommes, des fraises, des patates, des poireaux et quoi encore.

Comme « Pangée » qui signifie « tous les continents réunis », « hippopotame » vient des mots grecs *hippos*, « cheval », et *potamos*, « fleuve », ce qui fait de l'hippopotame un cheval de fleuve.

Reste à savoir comment les Grecs ont pu trouver une ressemblance entre le cheval et l'hippopotame, et voilà un bien plus grand mystère que la dérive des continents.

3

Orléans

Un certain poète du nom de Charles d'Orléans vécut de 1394 à 1465, au plus beau de la guerre de Cent Ans entre Français pour et contre Français, contre et pour Anglais, eux-mêmes pour et contre Anglais et Français dans un salmigondis de méli-mélo pour historiens patients et subventionnés. On s'y retrouve aussi mal aujourd'hui qu'à l'époque.

À vingt et un ans, en 1415, le Charles en question s'y fit prendre à la bataille d'Azincourt et fut prisonnier pendant vingt-cinq ans de l'autre côté de la Manche. D'aucuns l'espéraient mort et d'autres, vivant, quand il réapparut ainsi qu'il l'évoque dans ces vers charmants :

Nouvelles ont couru en France,
Par maints lieux, que j'étais mort,
Dont avaient peu de déplaisance
Aucuns qui me haient à tort.
Autres en ont eu déconfort
Qui m'aiment de loyal vouloir,
Comme mes vrais et bons amis.

Si fais à toutes gens savoir
Qu'encore vive est la souris.

Si vive était la souris que, revenu à son château de Blois, il engendra le futur roi Louis XII en 1462 avec la complicité de Marie de Clèves.

Dernier grand poète du Moyen Âge ou premier grand poète de la Renaissance avec François Villon – son ami qu'il sauva une ou deux fois de la potence, paraît-il –, Charles d'Orléans ne lasse pas d'être un poète d'une charmante simplicité, sans jamais faire simplet. On voudrait que la belle île du Saint-Laurent ait été nommé en son honneur, surtout à la lecture de ces jolis vers :

Dieu qu'il la fait bon regarder,
La gracieuse, bonne et belle !
Pour les grands biens qui sont en elle,
Chacun est prest de la louer.

Qui se pourrait d'elle lasser ?
Toujours sa beauté renouvelle,
Dieu, qu'il la fait bon regarder,
La gracieuse, bonne et belle !

Par deçà ni delà la mer
Ne sçay dame ni demoiselle
Qui soit en tous biens parfais telle ;
C'est un songe que d'y penser.
Dieu, qu'il la fait bon regarder !

Charles d'Orléans parle ici de quelque courtisane de passage, mais il pourrait en dire tout autant de cette île lointaine qu'il n'a jamais connue et qui devra son nom à son arrière-petit-fils Henri, duc d'Orléans, futur

Henri II, roi de France, peut-être mieux connu comme amant de Diane de Poitiers, qui régentait la France par ses couilles et pour qui il fit construire le château d'Anet, une bagatelle pour celle qui préférait Chenonceau.

L'idée d'ainsi nommer cette grande dame du Saint-Laurent en revient à Jacques Cartier, explorateur de son métier et courtisan par nécessité. Remontant le fleuve à petites et grandes bordées, il s'y heurta après avoir quitté l'île aux Coudres et y mit pied à terre le 7 septembre 1535. Écoutons-le parler :

« [...] nous partismes de ladicte ysle pour aller amont ledict fleuve ; et vinsmes à XIIII ysles, qui estoient distantes de ladicte ysles es Couldres de sept à huict lieues, qui est le commencement de la terre et prouvynce de Canada. Desquelles y en a *une grande* qui a environ dix lieues de long et cinq de laize, où il y a gens demourans qui font grande pescherie de tous les poissons qui sont dedans ledict fleuve* [...] »

Cartier vient de traverser ce qu'on appelle aujourd'hui l'archipel de l'île aux Grues, vingt et une îles plutôt que quatorze. L'île d'Orléans est la vingt-deuxième. La toponymie actuelle ne l'y inclut pas et l'île fait son indépendante, mais elle est tout de même de l'archipel comme ses voisines immédiates, l'île au Ruau et l'île Madame, ne pouvant échapper à la géomorphologie de l'ensemble.

Le découvreur y est fort bien accueilli par les « demourans » qui lui firent « grand chère » et « plusieurs sérimonyes ».

Le lendemain, il file vers Québec, le Stadaconé d'alors, où il trouve un mouillage à son goût aux

* J.-Camille Pouliot, « La grande aventure de Jacques Cartier », dans *Glanures gaspésiennes*, Québec, 1934.

confins des rivières Saint-Charles et Lairet. Mais il n'est pas sitôt installé qu'il retourne « à ladicte ysle ». « Et nous estans à ladicte ysle, la trouvasme plaine de fort beaulx arbres, comme chaisnes, hourmes, pins, seddrez et aultres boys de la sorte des nostres ; et pareillement y treuvasmes force vignes, ce que n'avyons veu, par cy-davant à toute la terre ; et pour ce la nommasmes L'ISLE DE BACCHUS. »

Les commentateurs se sont hâtés de tirer des conclusions sur ce retour précipité à l'île aux « force vignes » et sur le premier nom que Cartier lui ait donné. Dans sa relation, le découvreur se garde bien de prêter flanc aux insinuations de l'histoire, à savoir que le nom relève plutôt des bacchanales auxquelles son équipage s'abandonna avec le féminin des « sauvaiges » après quatre mois de vie entre gars ! André Thevet, moine cordelier, grand voyageur qui ne vint jamais ici mais qui, tel un Pic de La Mirandole à la cour de France, se targuait de savoir tout sur tout et plus encore, l'a laissé entendre dans ses écrits. La chose est possible, comme en fait foi le comportement de l'équipage de Bougainville à Tahiti en mai 1768 et de celui de Cook l'année suivante.

Septembre est beau à l'île d'Orléans et les « demourans » faisaient « grand chère », « plusieurs sérimonyes ».

Faut-il associer le nom de Bacchus aux « force vignes » ou à « plusieurs sérimonyes » ?

Cartier a bien garde de nous renseigner là-dessus. Pourtant, le 6 mai suivant, quand il lève l'ancre à Stadaconé pour rentrer en France, « appareillasmes du havre SAINCTE CROIX, et vinsmes poser au bas de L'ISLE D'ORLÉANS, environ douze lieues dudict lieu Saincte Croix. »

Cartier est en rade quelque part autour de l'actuel quai de Saint-François, à l'extrémité est de l'île.

Pourquoi l'île a-t-elle changé de nom ? Cartier ne le dit pas non plus. Probablement en l'honneur du duc d'Orléans – c'est encore Thevet qui parle –, alors âgé de dix-sept ans, fils de François Ier, arrière-petit-fils de Charles d'Orléans, déjà familier des jupons de Diane de Poitiers, futur roi et poétereau lui-même comme en font foi ces vers adressés à sa belle :

Plus ferme foi ne fut oncques jurée
A nouveau prince, ô ma belle princesse,
Que mon amour qui vous sera sans cesse
Contre le temps et la mort assurée.
De fossés creux ou de tour bien murée
N'a pas besoin de ma foi la fortresse,
Dont je vous fis, dame, reine et maîtresse,
Parce qu'elle est d'éternelle durée.
Trésor ne peut sur elle être vainqueur
Un si vil prix n'acquiert un gentil cœur.

Poétisée dès le départ par les noms des nobles éponymes de la cour de France, cette chère île le sera désormais à outrance, pour le meilleur, dont il sera question, et pour le pire dont le temps saura bien se charger.

Pauvre elle !

En recevant le nom d'Orléans, l'île bien-aimée était prédestinée à devenir la cible de tous les poètes investis des grâces de Calliope et d'Érato, de leurs tares aussi, les unes plus perceptibles que les autres.

Sauf qu'il ne faut pas déblatérer contre les mauvais poètes. Ce n'est pas qu'ils soient mauvais, c'est tout simplement qu'on ne les aime pas alors qu'ils séduisent d'emblée les éphémères du temps qu'il fait.

La poésie appartient à tout le monde, comme le mal de tête et la diarrhée.

Paul Éluard est bleu comme une orange et la foule se pâme.

L'île d'Orléans est verte comme le roi Dagobert.

4

Étranges, nés-natifs et sorciers

Chaque société a ses niveaux de citoyenneté, avoués ou pas, et un vieux dicton le confirme en proclamant à l'occasion que tous ne sont pas égaux de la même façon ou, mieux encore, que tous ne sont pas également égaux.

Janouk et moi nous promenions au printemps sur une des grèves de Sainte-Pétronille à la recherche de la grotte Maranda quand nous eûmes la chance de rencontrer Gaétan Boily et son père qui nous indiquèrent aimablement le chemin à suivre. En causant avec Gaétan, j'appris que la famille résidait à Saint-Grégoire, sur la côte de Beaupré, et qu'ils habitaient cette résidence secondaire depuis trente ans.

– Mais nous sommes toujours des étranges, ajouta-t-il.

– Des étranges ?

– Oui, à l'île, il y a les étranges et les nés-natifs.

Parlant de politique municipale quelques jours plus tard, Bernard me disait que le préfet de la municipalité régionale de comté était obligatoirement un né-natif.

La différence entre les deux niveaux de citoyenneté saute aux yeux sans grand besoin d'explication, mais donnons-la quand même.

Un né-natif est un insulaire né de parents dont au moins un est né sur l'île et tant mieux si ce sont les deux. Un né-natif est donc un insulaire de troisième génération.

Toute personne qui ne répond pas à cette définition est un étrange. Il a été attiré à l'île par son charme et s'y est acheté une propriété, ou encore par son commerce, son métier ou sa profession, épicier, plombier, enseignant, agronome, etc.

Entre le né-natif et l'étrange, les relations seront toujours des plus cordiales si l'étrange sait se comporter, mais serait-il le plus aimable des concitoyens, la marque est aussi indélébile que le caractère baptismal et elle ne s'effacera jamais.

Cette dichotomie, plus tacite que manifeste, est évidemment énoncée par le né-natif et non pas par l'étrange, et on voudrait bien savoir à quand elle remonte. Difficile à dire, mais elle ne date certainement pas d'hier, et avant d'être dirigé vers l'étranger, ce chauvinisme bénin se pratiquait tout aussi bien entre municipalités de l'île comme en fait foi cette anecdote rapportée par Henri Aubin*.

« Pour cerner de plus près la mentalité de l'île : une anecdote puisée à Saint-François. Napoléon Gagnon, né et élevé à Saint-Pierre, s'installe à Saint-François en 1897, se marie à Marie Roberge, de l'île aux Reaux [*sic*] (sœur du R.P. Roberge, CssR) en 1898, passe sa vie à Saint-François et décède en 1963. Eh ! bien, encore sur ses vieux jours, Napoléon Gagnon se faisait traiter de

* Henri Aubin, *L'Île d'Orléans, pays des sorciers*, chez l'auteur, Saint-Pierre, île d'Orléans, 1983.

«rapporté de paroisse» en temps d'élection. N'est-ce pas que les insulaires-sorciers prenaient du temps à accepter quelqu'un comme un des leurs?»

L'île a perdu une certaine partie de son insularité avec la construction du pont, il y a maintenant soixante-dix ans, mais l'expression était certainement bien ancrée déjà, surtout avec les établissements de villégiature à Sainte-Pétronille et à Saint-Laurent au XIXe siècle.

Le peintre Horatio Walker, installé à Sainte-Pétronille dès 1885, était certainement un étrange très étrange, et la construction du pont en 1935 n'aura fait qu'accélérer l'invasion de ses comparses. Sur les quelque dix mille habitants de l'île aujourd'hui, on estime à soixante pour cent ou plus la proportion des étranges. Par contre, environ quatre-vingts pour cent de la propriété foncière appartient aux nés-natifs. C'est que les étranges ne possèdent le plus souvent qu'un lopin où se dresse leur maison, alors que les nés-natifs sont propriétaires des grandes terres agricoles qui sont la richesse de l'île. Le mètre carré de sol du né-natif vaut son pesant d'or, mais n'a pas droit de vote aux élections scolaires, municipales, provinciales et fédérales, ni aux référendums. Quant à l'étrange, sa propriété a beau n'être pas plus grande qu'un mouchoir, son vote annule celui de Jos Patrimoine avec son verger, son troupeau et sa terre à bois.

Ce déséquilibre ou chaque partie affirme à la fois sa force et sa faiblesse est la cause d'un affrontement parfois acerbe sur le développement de l'île, encore que l'entente cordiale triomphe le plus souvent des difficultés de parcours grâce à des arguments qui se résument un peu à ceci:

– Les étranges nous apprennent beaucoup de choses. Ils nous aident à définir des standards en toutes sortes de domaines pour l'île.

– Les nés-natifs sont généralement extraordinaires, mais ils ne voient pas les dangers qui menacent leur île.

– Qu'est-ce qu'un étrange, madame Prémont ?

– Un étrange, c'est quelqu'un qui vient à l'île, qui veut me montrer comment faire et qui, au bout d'un an ou deux, fout son camp. Ça c'est un étrange et j'en ai plusieurs exemples dans ma tête. J'en ai eu un autre dernièrement, d'ailleurs, et j'ai dit à quelqu'un : « Guette ça ! Il vient nous montrer et il va partir, là. Ça va prendre un an ou deux et il va être parti. »

« Ça a pris même pas un an.

« Ça sert à rien, mais pour moi, c'est typiquement ça, un étrange. Il veut nous montrer comment faire. Moi, je me dis : à l'île, on a une façon de faire qui est peut-être pas comme ailleurs, mais attendons de nous voir, de nous connaître. Après ça, on pourra jaser. Mais quand t'arrives avec tes gros bras pour nous montrer comment faire, je n'apprécie pas vraiment. Parce que j'ai l'impression qu'on a quelque chose de particulier. On peut apprendre, mais avant d'apprendre, on va apprendre à se connaître, parce qu'on a des choses à s'apprendre mutuellement. »

Un des gros problèmes du né-natif, c'est de ne pouvoir demeurer dans son île. Des centaines d'entre eux travaillent à l'extérieur de l'île tout en voulant y avoir leur résidence. Ce n'est presque pas possible pour l'immense majorité. Des lois et des règlements sévères contrôlent ou même empêchent la construction immobiliaire. Et quand il s'ouvre un nouvel ensemble d'habitations, timidement ici ou là, l'affaire prend une importance considérable. Même des nés-natifs s'offusquent et protestent contre le modèle, la couleur des maisons. Quant aux étranges, c'est pour eux un désastre.

– Il se construit actuellement cinquante maisons par année à l'île. Dans dix ans, fait fera cinq cents maisons. Tu vois ça, cinq cents maisons de plus à l'île d'Orléans ? Dans dix ans, ce ne sera plus l'île d'Orléans mais une banlieue plate comme une autre.

Les préoccupations débordent également le cadre de l'île pour rejoindre les paysages qui l'entourent. On a applaudi à tout rompre la démolition de l'usine de la Cimenterie Saint-Laurent, à Saint-Grégoire de Montmorency. Sa cheminée déparait le décor, et l'on a tout fait pour qu'une autre usine ne s'implante sur le site.

La crainte et la bataille se portent maintenant vers Beaumont, sur la rive sud, où l'on projette la construction d'un port méthanier, et là, on ne s'alarme pas seulement du look, mais aussi de la sécurité. Le moindre accident et le gaz liquide s'évapore, se transforme en nuage que le vent emporte et qui éclate soudain en touchant les lignes à haute tension d'Hydro-Québec qui passent non très loin. Scénario d'enfer? Peur d'avoir peur ? Le renard est à la porte du poulailler et ça jacasse là-dedans. Les nés-natifs sont nettement plus favorables au projet que les étranges. Ils y voient du développement et sont prêts à vivre dangereusement. Les étranges établis à l'île n'ont généralement plus besoin de développement et ne veulent plus vivre dangereusement. Et puis, ne touchez pas au paysage.

Le scénario se répète à l'entrée dans l'île où le visiteur est accueilli par des commodités affichées avec un mauvais goût criard, garage, stations-services, dépanneur, auxquelles s'ajoutera bientôt une caisse populaire dont le profil architectural ne cesse d'être discuté. Les étranges trouvent que ce rassemblement est de mauvais accueil pour une île si belle. Les nés-natifs soutiennent que mieux vaut rassembler ces services à l'unique entrée de l'île, car les visiteurs se dispersent ensuite en tous horizons.

Ces conflits latents font partie de la vie quotidienne et se vivent en toute civilité, à haute voix parfois, sans que quiconque monte aux barricades. À vrai dire, il y a deux sortes de citoyens parce qu'il y a deux îles, l'île des gens qui y vivent et l'île des gens qui y dorment.

Or tous ces gens sont des sorciers. De temps immémorial peut-être, depuis 1864 surtout, alors que Philippe Aubert de Gaspé leur consacrait un chapitre dans son roman *Les Anciens Canadiens*. Le récit est une banale histoire de monstrueux farfadets aperçus à minuit par un voyageur de la Côte-du-Sud.

> *Il lui sembla cependant tout à coup que l'île d'Orléans était tout en feu. Il saute un fossé, s'accote sur une clôture, ouvre de grands yeux, regarde, regarde… Il vit à la fin que des flammes dansaient le long de la grève, comme si tous les fi-follets du Canada, les damnés, s'y fussent donné rendez-vous pour tenir leur sabbat.*

Les « fi-follets » font mille simagrées et chantent une ronde dont voici les mots :

C'est notre terre d'Orléans
Qu'est le pays des beaux enfants
Toure-loure
Dansons à l'entour
Toure-loure
Dansons à l'entour

Venez tous en survenants
Sorciers, lézards, crapauds, serpents
Toure-loure, etc.

Venez tous en survenants
Impies, athées et mécréants
Toure-loure, etc.

Rien dans toute cette fantaisie pour expliquer l'origine du vocable «sorcier» que les historiens ont tenté d'expliquer de mille façons, toutes moins convaincantes les unes que les autres.

Sans pont, sans communications faciles avec le reste du pays et habitant prospère quand même, peut-être suffisait-il d'être insulaire pour être sorcier.

Cela suffit encore aujourd'hui, car sans doute faut-il être un peu sorcier pour habiter un musée vivant sur le dos d'un hippopotame.

5

1937

Marius Barbeau, précurseur et un des plus importants ethnologues et folkloristes du Canada français, avait ceci à dire de l'île d'Orléans, qu'il n'est pas inutile ni désagréable de relire après soixante-neuf ans, pour comprendre, apprécier et regretter en tout ou en partie l'évolution de la vie orléanaise.

« L'île, d'abord appelée par Cartier Isle de Bacchus, vaut bien une visite. Car, là, mieux qu'ailleurs, se retrouve l'âme fleurdelisée de l'ancienne France et le secret de sa survivance en Amérique.

« Un bateau transporte les visiteurs à cette île, un peu en aval sur le fleuve. On peut s'y rendre aussi par l'immense pont suspendu, en passant par Beauport. Le chemin du roi, qui contourne l'île, forme un circuit de quarante-deux milles. Un beau matin de juin, il y a onze ans, j'eus pour la première fois le plaisir de le parcourir. Mes ancêtres maternels vécurent d'abord dans l'île et leur famille y est encore représentée, mais leurs descendants dispersés n'avaient pas dû retourner au lieu d'origine depuis le départ, il y a peut-être deux cents ans. Jusqu'à ces dernières années, peu d'étrangers s'aventuraient dans les vieilles paroisses insulaires, qui semblaient presque inaccessibles. Mais l'automobile, le pont et les bonnes routes ont tout changé. L'île maintenant fait pour ainsi dire partie de la ville de Québec.

« Pendant qu'on chemine au sud de l'île, la vue embrasse de vastes espaces. En face, à des milles de distance, les paroisses de la rive opposée se succèdent le long du fleuve, et les clochers des églises reluisent au soleil. Lorsque, à l'autre bout de l'île, on se tourne vers le nord, le paysage est différent. Le Cap-Tourmente borne au loin l'horizon maritime avec une courbe bleuâtre dont le sommet atteint deux mille pieds d'altitude ; les Laurentides dentellent l'horizon de leurs protubérances ; à leurs pieds, sur les collines et dans les bas-fonds, la Côte-de-Beaupré étale ses prairies ; derrière elles, les forêts et les lacs s'étendent vers les lointaines régions polaires ; et, tout près, la rivière Montmorency se précipite en une chute gigantesque aux abords du grand fleuve. Tel est le magnifique panorama qui se déploie de tous côtés, pendant qu'on fait le tour de l'île d'Orléans.

« Certains voyageurs aiment à passer la journée dans l'île. Souvent, j'en ai moi-même envoyés, munis d'un itinéraire leur indiquant les vieilles églises, quelques maisons anciennes, un manoir longtemps abandonné puis dernièrement restauré, la Route-des-Prêtres avec son calvaire qui remémore la Querelle des Reliques ; et, en particulier, la maison de Mme Jean Goulet, à Saint-Pierre, où l'on peut déguster un excellent repas du pays, qui s'achève avec des crêpes Suzette au sirop d'érable. Lord Irwin, ancien gouverneur de l'Inde, qui fit ce pèlerinage au cœur du pays, ne semblait pas manquer de sincérité lorsqu'il m'écrivit, à son retour, qu'il avait passé là une des plus belles journées de sa vie. Un grand charme se dégage de la vie sereine de ces anciens Canadiens, du beau style et de la bonne tenue de leurs demeures, et de la grâce de leurs églises.

«Prenant, au départ, la route du sud-est, on gravit un haut plateau, où se trouvent de vieilles maisons de pierre blanchie, aux toits en cloche, dont les portes et les contrevents, bleus ou rouges, chantent au soleil. Il est bon de s'y arrêter; ce tableau, qui n'est plus guère de notre temps, évoque les contes de fées et les romans du Moyen Âge.

«Les familles qui habitent ces vieilles maisons accueillent l'étranger avec politesse et curiosité; avec elles il n'y a pas de gêne, seulement de la bonhomie. Encore tout dernièrement un dimanche après-midi, il m'est arrivé, comme cela peut arriver à tout autre, de m'arrêter à une de ces maisons. Un violoneux y jouait des gigues et des "reels". Un chanteur entonna une chansonnette preste, en frappant du talon le plancher. L'hôtesse, fort bienveillante, nous conduisit à son spacieux grenier, qui est son atelier de travail; on aurait pris ce lieu pour un musée d'arts rustiques. Les rouets à filer et à *caneler*, les dévidoirs, l'ourdissoir et le métier, se tenaient en rang autour des murs, prêts à servir. Dans un coin, une quenouille pointue, surmontée de fibre de lin, me rappela le conte de la Belle au bois dormant. S'étant piquée la main à une quenouille ensorcelée, cette princesse tomba dans un sommeil qui dura cent ans.

«Un sommeil plusieurs fois centenaire était descendu sur cette maison paisible, et, depuis, ses habitants, à l'abri des heurts de la vie moderne, vivent dans l'enchantement du passé. Du bien paternel, ils tirent leur subsistance, tissent leurs habits, et chantent pour animer le labeur ou tuer le temps. Ils sont contents, car rien ne leur manque, et, au besoin, ils pourraient se suffire à eux-mêmes. Si profondément sont-ils enracinés au sol qu'ils en ont surpris tous les secrets. Ils ont dompté la nature. Bons laboureurs et moissonneurs, ils savent jouir de leur bien, quand ils en ont la chance. Ils ne redoutent pas la tempête, ni l'hiver dans leurs solides maisons de pierre ; depuis deux cents ans, elles tiennent bon. Même un tremblement de terre, il y a quelques années, ne les a pas ébranlées ; elles durent au-delà des générations. Mais ces gens ont aussi connu l'adversité, au cours des dix générations qui ont peuplé de souvenirs leur existence.

« Écoutez le vieux Hébert, dit "Cayen" (Acadien), dont la terre est située à Saint-François-Nord. Ses ancêtres paternels, des Acadiens fugitifs de Port-Royal, avaient émigré dans l'île d'Orléans. On ne sait plus s'ils s'établirent sur une terre toute faite ou s'ils défrichèrent eux-mêmes la terre qui reste encore à leurs descendants. Toujours est-il qu'ils n'eurent pas sitôt construit une maison de pierre qu'ils éprouvèrent de nouvelles tribulations.

« Les Anglais, après les avoir chassés de l'Acadie, semblaient être à leurs trousses. Ils remontèrent le Saint-Laurent pour faire le siège de Québec. Ce fut pour les "Cayens", comme pour la population insulaire, une rude épreuve. Pris de panique, les gouvernements de Québec leur ordonnèrent d'évacuer en toute hâte leurs paroisses et de se réfugier dans les forêts de la Côte-de-Beaupré. Après avoir transporté dans les bois leur blé – 20 000 minots qu'ils ne purent bien cacher –, les habitants prirent la fuite et séjournèrent dans la forêt jusqu'à l'automne.

« Les troupes du général Wolfe, débarquées dans l'île, firent main basse sur tout ce qui s'y trouvait, et logèrent dans leurs églises. C'est ici que s'intercalent les quelques souvenirs du père "Cayen", avec qui j'ai souvent visité la vieille maison de pierre de ses ancêtres, dans le verger où il se plaisait à raconter les souvenirs de sa jeunesse. Il me dit :

« "Quand on a vieilli, on meurt, et on est mis sous terre. C'est la même chose pour les vieilles maisons. Elles meurent aussi. Celle-ci, comme les autres, a passé son temps."

« Mais il ne devait pas croire à ses propres paroles, car il semblait aussitôt se contredire :

« "Après avoir vécu longtemps dans une vieille maison, vous la considérez comme une amie. Comme vous elle est vivante ; elle a des souvenirs. Ici, dans ce coin, ma grand-mère est morte, la brave femme ; c'est la première fois que je voyais la mort. Dans l'autre coin, ce fut le tour de mon grand-père. J'ai compris, là, qu'il nous fallait tous mourir. Si mon grand-père et ma grand-mère avaient vécu plus longtemps, ils auraient refusé de déménager dans la maison neuve, en briques, qui est au bord du chemin. Nous l'avons bâtie pour suivre la mode."

« Il essuya une larme sur sa manche, comme il en essuyait toujours lorsqu'il visitait avec d'autres les chambres encombrées de vieilleries qui évoquent le passé. Poursuivant sa tournée, il raconta :

« "Mon père est mort dans ce lit de bois, et ma mère dans cet autre. C'est là que je suis né. Je n'ai jamais regretté de vivre. Il m'a fallu travailler fort, mais j'ai été assez chanceux.

« "Regardez ces vieux bibelots ; ils sont abandonnés. Tout change, le monde aussi. Autrefois, on s'éclairait à la chandelle. On vivait de peu de choses mais on savait tout faire. Voyez ce rouet : il a passé de ma grand-mère à ma mère. L'automne, les femmes filaient; l'hiver, elles tissaient; et elles n'étaient pas plus mal pour ça. Ma mère s'est mariée dans sa chemise de toile du pays: un peu rude pour la peau! Des fois, je pense qu'on était plus heureux qu'aujourd'hui. Mais quand on est vieux, à quoi bon penser!"

« Il me conduisit à la porte et me montra le verger:

« "Voyez ces pommiers! Je les ai moi-même plantés dans mon jeune âge. Ils ont vieilli avant moi. Auparavant, il y en avait d'autres, mais ils sont tombés de vieillesse. Depuis deux cents ans, il y a toujours eu un verger, autour de la maison. Ça n'est pas d'hier!"

« Un champ de blé mûrissait, entre le verger et la maison neuve; le même champ de blé, me dit-il, qu'au temps où les Anglais firent la conquête du pays. Les anciens s'en souvenaient, parce qu'ils en parlaient ainsi:

« "Quand nos gens, dans l'automne, revinrent des montagnes du Nord, leur récolte de blé était ruinée; le grain trop mûr était tombé. Ils ramassèrent sur le sol, avec des ailes de pigeon, tout ce que les oiseaux y avaient laissé. Autrement, ils n'auraient rien eu à manger de l'hiver. Tout ça, c'était de la faute à Bigot."

« En approchant de Saint-Jean, sur la rive sud de l'île, on arrive à une demeure seigneuriale, le manoir Mauvide. Les seigneurs de l'île sont depuis longtemps disparus, et leurs domaines ont été morcelés. Cette noble bâtisse, aujourd'hui au bord du chemin, a été réoccupée. Je l'ai souvent visitée avant sa restauration, lorsque les meubles anciens étaient encore en place. Au grenier, j'y trouvai une calèche de la période française, des objets antiques, et même quelques morceaux, très rares dans le pays, de faïence rouennaise. Ses chambres, longtemps désertes, semblaient hantées, et, dans la cave obscure, il y avait une citerne remplie d'eau morte, comme au fond d'un donjon.

« Dans une commode, je trouvai de vieux actes notariés rapportant certaines transactions des anciens seigneurs. Un jour, il y a près de trois cents ans, un gentilhomme anobli, ou son représentant, avait mis pied à terre dans l'île, pour en prendre possession. En compagnie du gouverneur et de sa suite, il avait, suivant l'usage, arraché des plantes sauvages, cassé quelques branches, braqué un pistolet sur une perdrix ou un lièvre, et marché comme un seigneur dans son domaine. Pour peupler sa seigneurie, il avait fait venir des colons de Normandie et de la Loire. Dès 1648, Gabriel Gosselin y bâtit pour sa famille une chapelle, qui servit aussi aux autres colons ; le premier mariage qui y fut enregistré, en 1652, est celui de Jacques Gourdeau de Beaulieu et d'Éléonore de Grandmaison. Quelques seigneurs, succédant l'un à l'autre, subdivisèrent leur fief en arrière-fiefs. Les premiers furent Mgr de Laval, Berthelot, de la Cour de France, et Gaillard, son représentant. Peu après 1660, l'île était déjà peuplée dans toute son étendue et les noms des censitaires étaient ce qu'ils sont depuis restés. La carte de Robert de Villeneuve, en 1689, contient les cinq paroisses insulaires avec les routes, les terres, et même le nom de leurs occupants, qui sont souvent les mêmes qu'aujourd'hui.

« Quelques familles d'artisans – charpentiers, menuisiers et forgerons – devinrent “emplacitaires”, autour des églises. Gosselin, Leblond, Nadaud et Guérard, par exemple, étaient menuisiers, et Asselin, forgeron ; tout comme eux, leurs descendants, après bien des générations, le sont encore. Des meubles, des outils et des ustensiles, qu'ils ont faits de leurs mains, se retrouvent un peu partout, dans les vieilles maisons, et il y a aussi, dans les églises et les cimetières, des sculptures et de la ferronnerie qui témoignent de leur habileté et de leur art.

« Le français qu'on parle dans l'île ne diffère pas sensiblement de celui de Québec, mais il est plus pur que celui des frontières. Il n'est pas non plus celui d'aucune province française du nord-ouest d'où provenaient les colons ; il résulte de la fusion de plusieurs parlers rustiques. L'éducation, dans l'île, eut aussi son influence ; on le remarque dans le folklore, qui n'a pas la saveur archaïque ni la richesse de celui de districts isolés, comme Charlevoix et Gaspé. Le couvent de Sainte-Famille, fondé en 1685, est une des plus anciennes maisons d'éducation du pays. Dès les premiers temps, le clergé et les ordres religieux y recrutèrent nombre de leurs membres.

« Les colons vinrent de la Normandie et de la vallée de la Loire, au nord, au centre et à l'ouest, non pas de Bretagne, comme souvent on le suppose. Le lieu de leur origine est consigné aux registres de l'état civil, conservés intacts depuis le commencement dans les archives paroissiales. D'après Turcotte, un de leurs descendants, cinquante-six de leurs familles étaient normandes, et la plupart des autres venaient de l'Anjou, du Poitou et du Perche.

« Des six églises de l'île, quatre sont parmi les plus anciennes du Canada, celles de Saint-Pierre, de Saint-François, de Sainte-Famille et de Saint-Jean. Leur architecture romane s'est inspirée de la tradition française ; mais elle a des traits purement laurentiens. Leurs murs épais de pierre blanchie, leurs hauts toits en cloche, leurs fenêtres cintrées, ont un aspect serein et gracieux. Leur boiserie, à l'intérieur, est décorative et élégante ; elle a été ouvrée par des sculpteurs professionnels, comme les Le Vasseur, les Baillargé et quelques autres – Edmond, David, Paquet et Samson, dont la tradition remonte à la Renaissance plutôt qu'au Gothique qui l'avait précédée.

«Il n'y a pas de Canadiens plus sédentaires que ceux de l'île d'Orléans. Ils sont profondément enracinés dans le terroir, et, depuis la fondation de la Nouvelle-France, ils ont tiré du sol leur subsistance ; ils ont aussi subi toutes les vicissitudes de la vie économique particulière au pays. Ce qui pour nous serait rigueur et privation était pour eux l'existence ordinaire, dont ils n'auraient pas songé à se plaindre. Jamais ils ne déplorèrent le choix qu'on avait fait pour eux d'une région. Leurs ancêtres avaient émigré au nouveau monde pour y demeurer et, aussitôt qu'ils eurent mis pied à terre, ils prirent possession du sol pour eux-mêmes et leur postérité.

«L'étranger qui veut se rendre compte de la stabilité de cette population insulaire n'a qu'à me suivre à l'un de leurs presbytères. Les murs de celui de Sainte-Famille, qui est situé dans un verger à quelque distance du chemin, remontent à environ 250 ans. M. l'abbé Roy, le curé qui y réside, nous recevra sans doute avec l'aimable sourire et l'œil inquisiteur qui lui sont habituels. Si nous l'en prions, il tirera de la voûte de pierre les registres qui s'y entassent en sécurité. Ces registres, reliés en parchemin jauni, sont remplis d'une écriture fine et distinguée souvent difficile à lire – elle est un tant soit peu gothique – comme les manuscrits du Moyen Âge. Mais si vous réussissez à la déchiffrer, vous y lirez les noms des habitants dès 1675 ou 1700, à mesure qu'ils y reçurent le baptême, qu'ils se marièrent ou qu'ils moururent : Gagnon, Blouin, Morency, Giguère…, qui se rencontrent encore dans les alentours.

«Le nom de Gagnon, par exemple, est bien connu dans tout le Canada français ; des centaines, même des milliers, de personnes le portent en Amérique. Ici, dans le sol de Sainte-Famille, s'implanta de bonne heure une des deux racines de la grande famille ainsi dénommée, l'autre ayant pris terre en face, sur la Côte-de-Beaupré. L'ancêtre venu de France, en 1657, était Robert ; il était du Perche. Un peu au nord-est de l'église de Sainte-Famille, au bord de la route, se dresse en commémoration de son arrivée un calvaire qui porte, inscrits dans le bronze, les renseignements suivants : « Ce monument fut érigé en 1909 à la mémoire de Robert Gagnon, premier occupant de cette terre, par 41 prêtres, ses descendants du même nom qui lui sont reconnaissants. » Jusqu'ici, on compte 62 prêtres dans la famille Gagnon, dont 53 survivaient encore dernièrement. Cette commémoration, en changeant de nom, pourrait se répéter ailleurs. Comme les Gagnon, beaucoup de familles comptent les neuf ou dix générations qui se sont succédé depuis que leurs ancêtres, débarqués sur la terre vierge, commencèrent à la défricher avec des pioches et des charrues de bois.

« Les maisons, les presbytères et les églises, en cette île, ont un air d'aisance et de sécurité. Une odeur d'antiquité se dégage de leurs murs vieillis mais encore solides. Bien des générations ont passé ici, revêtues d'accoutrements divers et curieux, et dont l'esprit était différent du nôtre ; elles ne connaissaient pas l'usage de la vapeur ni de l'électricité, elles comptaient la monnaie en livres et en pistoles ; et elles se plaisaient à répéter que le roi de France était le fils aîné de l'Église en la chrétienté*. »

---

* © Musée canadien des civilisations, fonds Marius-Barbeau, « Québec reste français » [1936], version annotée, p. 6-17, boîte 97, dossier 37.

6

Sainte-Pétronille

Louis et Suzanne, qui demeurent au 88, chemin du Bout-de-l'Île, partent à pied vers neuf heures moins quart et se dirigent vers la pointe de l'île. De temps à autre, Marcel est à son entrée qui les attend. Puis Denise, Fernand, Danielle et Céline se joignent à eux au sortir de la rue des Rondeau. Bientôt, c'est Pierre qui sort de chez lui pour les accompagner et à mesure que le groupe avance, Lucille et Georges font de même. Bernard, qui laisse son auto au centre communautaire, leur emboîte le pas. Parfois il y a Louise, venue de Saint-Laurent, qui fait comme lui.

Voilà !

Le CREM, club des retraités en marche de Sainte-Pétronille, vient d'entamer sa promenade matinale comme tous les jours, samedis, dimanches et fêtes exceptés.

***

Sans autre recours que la tradition orale, on ne peut entretenir que des présomptions, aussi pieuses soient-elles, à l'endroit de sainte Pétronille, vierge romaine canonisée à l'époque où la ferveur populaire prenait en un instant des décisions que les curies vaticanes peuvent maintenant ruminer pendant des années ou des siècles. Marguerite Bourgeoys, décédée le 12 janvier 1700, fut immédiatement vénérée comme une sainte par tous les habitants de Ville-Marie, chose que le Vatican ne reconnut que le 31 octobre 1982.

Autre présomption, Pétronille aurait été la fille de saint Pierre. Fille réelle ou fille spirituelle ? On ne sait trop et cela importe peu. Elle avait sa chapelle dans l'église de son présumé père, à Rome, et quand cette chapelle fut concédée au roi de France Pépin le Bref, la France devint tout naturellement la fille aînée de l'Église.

Créée en 1870, la municipalité de Sainte-Pétronille fut découpée à même le territoire de Saint-Pierre, d'où son vocable joliment trouvé, bien que l'appellation de « Bout-de-l'Île » ne soit jamais disparue, comme en fait foi le nom du chemin qui le contourne. Petite curiosité inexpliquée, la route 386, qui ceinture l'île et sur laquelle cheminent nos amis ce matin, porte partout le nom de chemin Royal, sauf à Sainte-Pétronille.

***

Le CREM, encore fragmentaire, passe maintenant devant la maison du peintre Marius Dubois, et comme celui-ci est un lève-tôt qui aime bien nettoyer le devant de sa porte tous les matins, les salutations se font cordiales.

En face, dans son beau cottage « d'influence américaine », il est probable qu'Yves dort encore. Il marche surtout l'après-midi, lui. À moins qu'il ne sorte en vélo. Mais plutôt en solitaire. Il n'est pas du genre club.

Quelques autres adeptes, Claire et Lise, se joignent au groupe tout de suite après, au coin de la rue Horatio-Walker, ainsi nommée en l'honneur du peintre, évidemment. Cette fort jolie rue longe la rive nord vers l'est, au pied de la falaise, mais elle se lasse quand les belles résidences cessent de l'escorter et elle devient sentier vers une maison un peu perdue, là-bas, parmi les arbres. La vue sur la côte de Beauport est évidemment superbe.

***

La vue sur Québec, sur Beauport, sur Lauzon et la pointe de Lévy aura été le moteur principal du peuplement de Sainte-Pétronille au milieu du XIXe siècle. Bien gagner sa vie dans un milieu et pouvoir s'en retirer un peu à l'écart pour ne pas y vivre a été, de tout temps, le rêve de la noblesse ou de la riche bourgeoisie.

Ce n'est pas d'hier que Louis XIV fuit Paris pour se construire à Versailles.

Vu de la pointe de l'île, le profil de Québec est irrésistible, et entre les deux, infiniment plus efficace que le plus joli muret ou la plus élégante clôture, il y a ce fleuve, immense douve protectrice ouverte sur un large et magnifique horizon, ce fleuve toujours vivant de courants et de marées, de voiles et de vapeurs. Sur cet horizon, les cheminées fument et tout le monde travaille.

Ici, les cheminées fument et tout le monde s'amuse ou se repose.

Ce sont de riches anglophones qui ont entamé l'exode de Québec vers Sainte-Pétronille. Les Dunn et les Porteous, pour ne citer que ceux-là. Les francophones qui le pouvaient ne se privèrent pas de les imiter, comme cet Edmond Giroux, pharmacien, président de la Commission du havre de Québec et grand-père d'une certaine Marie-Marthe Belleau.

Régates et dîners se poursuivaient durant toute la belle saison et l'aménagement d'un terrain de golf est, bien sûr, le fait de ces étranges.

Ils ont également laissé derrière eux le premier vrai village de l'île, avec des villas de styles très variés, canadiennes, victoriennes, Queen Ann, Regency et autres, qui se font face ou se tournent le dos le long de rues qui se croisent, alors qu'ailleurs sur l'île les villages regroupent plutôt des maisons qui se ressemblent, se suivent et se serrent les unes contre les autres le long de la route qui passe par là.

À cette bourgeoisie d'affaires a succédé une bourgeoisie de profession, plutôt francophone, administrateurs, artistes, hauts fonctionnaires, universitaires et retraités en marche !

Les voici justement rendus à la fine pointe de l'île où la dernière participante, Madeleine, vient compléter le groupe au moment où la route rejoint le bord de l'eau pour peu de temps et peu de marche.

***

Le CREM a été fondé par Lucille qui n'essayait pas de créer quoi que ce soit. Jeune retraitée aimant l'exercice et le grand air, elle a d'abord convaincu quelques-uns de ses amis de l'accompagner pour une marche quotidienne. On les voit passer, ça se parle. De deux, ils sont quatre et bientôt plus d'une douzaine qui se tapent une marche quotidienne de six kilomètres. Les repos des jours de fête et de fin de semaine donnent le goût de repartir, car il y a toujours du nouveau à se raconter. La bru de l'un est enceinte, le gendre de l'autre est parti sur la rumba, untel veut se présenter aux élections municipales, on annonce une première gelée au sol pour demain.

***

Le groupe néglige de bien jolies choses, chemin faisant, car la marche, c'est la marche et non la visite. Tous résidents de la municipalité, les retraités ont déjà tout visité ou à peu près et il n'est pas question de prendre à gauche ou à droite pour aller voir la belle église ou le quai qui a été coupé des trois quarts et qui n'est plus abordable. Ils savent tout de leur patelin, il leur est précieux, très cher et, dans les limites de la démocratie honorable, ils sont prêts à tout pour lui garder son âme et son visage. Rabaska, ce projet de port méthanier en face, sur les rives de Beaumont, et dont le nom est peut-être celui du diable qui charriait la chasse-galerie, ils ont été parmi les premiers à le dénoncer, à sonner l'alarme et à faire circuler une pétition qui a recueilli près de six cents noms.

Contre.

***

La route quitte bientôt le bord de l'eau pour gagner les premiers coteaux à travers des érablières à hêtres et bien lui en prend de le faire tout de suite, car plus loin, le long du rivage, les coteaux deviennent pour ainsi dire inabordables tellement la pente devient raide et négociable seulement par de petits chemins en lacets qui se faufilent au meilleur des sous-bois.

Faut-il préciser que de superbes résidences se cachent dans ces pentes parmi une surabondance de petites affiches fort accueillantes qui vous disent tout simplement: «Chemin privé». C'est le péché mignon de toute l'île et pourtant, depuis des millénaires, les jeunesses de Québec ou d'ailleurs connaissent un sentier qui déboule de là-haut en même temps qu'un ruisseau et qui débouche sur une belle anse caillouteuse où il fait bon passer des nuits d'été avec des amis, avec ou sans une caisse de bière, avec, toujours, la compagnie de la marée, descendante ou montante, toujours clapoteuse.

***

Les marcheurs arrivent bientôt à la rue Marie-Anne qu'ils emprunteront pour traverser l'île et revenir à leur point de départ, au bout des six kilomètres de leur périple.

Coïncidence, l'érablière de Marianne, Élisabeth et Béatrice est sise non loin de là et deux ruisseaux la traversent, les ruisseaux Malibé et Bélima. On ne les trouve pas dans le répertoire de la Commission de toponymie du Québec, mais ils devraient être homologués sous peu. Ce sont des ruisseaux de jeunesse. Impétueux à la moindre pluie, ils s'assagissent dès que le soleil leur dit bonjour et, à leur tour, dans la course qui les emporte vers la rue Marie-Anne, ils disent bonjour aux membres du CREM quand ces derniers les croisent sur le chemin du retour.

***

Ah ! que l'air est bon et l'amitié bienvenue. Il n'en faut pas davantage pour bien entamer la journée, tout cela à son gré, sans obligation aucune, toujours selon sa disponibilité.

Voici que le groupe est revenu au chemin du Bout-de-l'Île et qu'il redescend vers la pointe. Le temps de côtoyer la propriété du Mont-des-Roses et c'est déjà le 88.

– Dix heures vingt-huit. Pas pire ! Bonne journée, tout le monde !

– Bonne journée, Louis. Bye, Suzanne. À demain.

7

Les oies

Peu de grandes villes du monde ont, comme Québec, l'immense et glorieux privilège d'entendre et de voir le printemps s'annoncer par des criaillements si claironnants qu'ils font lever la tête de tout un chacun pour constater que se balancent bel et bien dans le ciel les longues, les majestueuses guirlandes des oies qui flottent et s'agitent là-haut dans des vents enfin porteurs d'une autre blancheur que celles des neiges d'un hiver toujours trop long.

Elles volent en longues filées sur les deux ailes de la lettre *V*, *V* pour Voyage, peut-être, à moins que ce ne soit plutôt sur les deux ailes du lambda grec Λ, *L* comme dans Ailes, justement. Et ce voyage des ailes de l'équinoxe fera escale pendant deux mois, ici devant, pour animer une géographie déjà admirable, mais depuis de trop longs mois silencieuse. De Beauport jusqu'au-delà du cap Tourmente sur la côte de Beaupré ; à l'île d'Orléans, sur les battures de Sainte-Pétronille, de Saint-Pierre, de Sainte-Famille et de Saint-François ; sur les côtes de Saint-Michel, Saint-Vallier, Montmagny, Cap-Saint-Ignace, L'Islet et dans toutes les îles de l'estuaire, qu'elles soient Madame, au Ruau, à Deux Têtes, au Canot, aux Grues, aux Oies, jusqu'à la lointaine batture aux Loups Marins, partout où le jusant leur offre des rivages à peine débarrassés des glaces hivernales où les rhizomes du scirpe d'Amérique surabondent dans la vase des zones intercotidales, elles vont s'abattre enfin, au bout de leur aventure séculaire.

Là, on les entend à peine cacarder gentiment tandis qu'elles se goinfrent sous l'œil de gardiennes qui se relaient à tout moment pour se gaver à leur tour.

Et quand une marée plutôt forte les repousse jusqu'aux rivages, il n'est pas rare de voir quelques audacieuses, ou écervelées, se dandiner en plein sur l'autoroute Dufferin-Montmorency, en direction de Sainte-Anne-de-Beaupré. Plusieurs retourneront plutôt se reposer au milieu du courant. Le plus souvent, toutefois, surtout par grand vent qui soulève des vagues dérangeantes, avec force jappements pour signaler leur décision, elles en profiteront pour s'envoler en bandes diverses dans les champs plus paisibles qui bordent le fleuve, sur l'île même ou dans ceux de la rive sud, là où les jeunes feuilles de la luzerne leur sont un autre délice.

Les agriculteurs aiment moins ça.

À la fin mars, les grandes voyageuses nous arrivent de l'île Knotts et de ses environs, bords marécageux de l'Atlantique aux confins de la Virginie et de la Caroline du Nord. Les coquines, elles ont survolé la baie de Chesapeake, le Maryland, le Delaware, les villes de Philadelphie et de New York, le Connecticut, le Massachusetts, le New Hampshire, les Cantons-de-l'Est, la Chaudière et Québec donc ! Elles en auraient vu des choses si elles avaient seulement pris le temps de regarder, mais non, et elles méritent bien un long repos après ce vol de quelque 1400 km ponctué de rares et brèves escales, vol qui a grandement diminué des forces qu'elles voudront reconstituer parmi nous, car la prochaine étape sera de 2800 à 3000 km selon l'île de l'Arctique qu'elles choisiront pour y élever leur famille au cours de l'été, la plupart de nos visiteuses choisissant l'île Bylot, au nord de la terre de Baffin.

On comprend que l'écrivaine Selma Lagerlöf ait choisi de faire voyager Nils Holgerssons en croupe sur une oie sauvage, Aka de Kipnekaye, pour lui faire visiter sa Suède de bout en bout, le petit chanceux.

Méchant calembour, soit dit en passant, l'oie est, chez nous, un volatile au nom très volatil. Depuis 1959, dans les quatre ouvrages consultés*, son nom est passé de « Grande Oie blanche », *Chen hyperborea atlantica*, à « Oie des neiges », *Anser caerulescens atlanticus*, pour devenir « Oie des neiges », *Chen caerulescens*, et enfin « Grande Oie des neiges », *Anser caerulescens atlantica.* En anglais, Snow Goose tient bon depuis le grand John James Audubon. Durant la même période, les fauvettes sont devenues des parulines, certains gros-becs, des durs-becs ou des cardinals, et ça ne finit plus. Les oiseaulogues amateurs en ont ras le pompon de ces changements qui les rendent niaiseux d'une décennie à l'autre, mais les spécialistes continuent de creuser la spécialité, de démembrer et de reconstituer les familles en comptant les chromosomes, les plumes ou le nombre de fientes, peut-être.

Nos oies, quoi qu'il en soit, nous arrivent innombrables et certaines évaluations récentes parlent d'un peu moins de cent mille, encore que ce chiffre puisse aussi comprendre les bandes qui choisissent de faire leur halte saisonnière au lac Saint-Pierre, sur le Saint-

* Voir Godfrey, Lemieux, Otis et *Guide d'observation des oiseaux* dans Ouvrages consultés à la fin de ce volume.

Laurent entre Montréal et Québec, lac aux rivages également riches en scirpe.

Quel que soit leur nombre, leur arrivée ne réjouit pas les agriculteurs qui les voient s'abattre sur les champs où se pointent les premières pousses du fourrage ou sur ceux qu'il faut bientôt ensemencer. De là des pressions depuis plusieurs années pour permettre la chasse printanière aussi bien que celle d'octobre, quand les oies reviennent du Grand Nord. Écologistes, aménagistes et autorités gouvernementales ont finalement opiné à leurs avis pour la bonne raison que la ressource des rivages ne permet peut-être plus une augmentation aussi grande du troupeau sans un risque d'affaiblissement et d'épizootie.

La chasse printanière étant désormais permise, sur les terres agricoles seulement, me voici embusqué avec des amis au bout des fraisières de Pierre Plante, à Sainte-Pétronille, juste au-dessus de la faille de Logan qui coupe à pic devant nous. Je m'accroche au tronc d'un bouleau pour regarder le pied de la pente, mais je ne le vois pas tellement la verticale est sévère. Par contre, je vois très bien tout l'entremêlé de la zone arbustive, d'un beau vert tout neuf, qui s'étend jusqu'à la rive du fleuve, quand elle n'est pas elle-même envahie par les hautes marées qui viennent lui caresser les orteils une ou deux fois par année.

Et à six heures dans l'aube de cet affreux matin de début mai, on voit les oies qui s'énervent et s'agitent en bandes sur le fleuve où le vent devient de plus en plus malin.

Mes amis avaient tout prévu.

Affreux matin de mai, car la marée sera très haute et le vent très vilain.

Le fleuve, vous savez, est un corridor où le vent galope plus vite que l'eau ne coule quand il s'en mêle.

Plutôt que de se reposer là où elles se font bardasser par la vague, les oies voudront s'envoler, survoler la pointe de l'île, traverser le bras sud du fleuve et aller s'abattre sur les terres de Saint-Charles et de Saint-Henri, derrière Lauzon. Elles voudront survoler la falaise où nous les attendons, mais, ignorant notre présence, elles prendront tout juste l'altitude nécessaire pour passer l'obstacle alors que la distance linéaire ne leur permet presque pas d'en prendre davantage et, nous passant tout au plus à dix mètres au-dessus de la tête, nos fusils leur crieront : Pan ! Pan ! Pan !

Je n'ai pas de fusil, ce qui me donne droit aux mille réflexions d'un observateur neutre. Comme ces correspondants de guerre qui voudraient se retrouver sur le front pour tout voir et tout raconter de l'ignominie de la guerre en réclamant qu'aucune balle ne les touche puisqu'ils ne portent point d'arme.

Innocents mon cul, artistes de propagande !

Innocent moi-même qui suis ici pour voir et raconter, qui me prends pour Nils Holgerssons et qui aimerais tant entendre ces oies me parler de leur voyage depuis la Caroline jusqu'ici, me dire le temps qu'il a fait, combien elles ont perdu de comparses chemin faisant, comprendre un jour ce qu'elles peuvent bien se dire dans leur verbiage incessant, pour savoir enfin comment elles se dirigent dans ce corridor aérien séculaire.

Parlant de verbiage incessant, je pense à tous les miens accrochés passionnément à la radio, à la télé, aux journaux, aux affrontements parlementaires de tous ordres et je n'y comprends pas davantage, sauf que j'entends bien les fusils faire Pan ! Pan ! Pan ! à travers la planète.

Le vent s'engaillardit à mesure que le jour fait de même et les volées s'affolent de plus en plus là-bas, au-dessus des eaux de moins en moins calmes. Ce ne sont plus des rubans qui ondulent là-haut, mais des escadrons qui se rassemblent, se cherchent et se décident à grands jappements dans le petit matin qui n'entend plus autre chose. Les uns s'en vont à droite, d'autres s'en vont à gauche. En voici un qui se dirige dangereusement vers nous. Qu'il est beau dans son essor vertigineux. Les ventres blancs, le noir du bout des plumes, le bruit de l'air vaincu par la vigueur des ailes et tout à coup : Pan ! Pan ! Pan !

Trois soldats tombent.

Les autres continuent en bon ordre.

Toujours à grands cris.

Quel affreux beau matin, plein de grandes leçons.

8

Printemps

Fidèles à travers toutes les avanies du temps, elles sont les premières à faire l'amour avec le soleil du printemps, avant que la feuillaison des érables et des chênes n'éclate en canopée au-dessus d'elles.

Dès l'orée du sous-bois, tel un héraut céleste, l'amélanchier se couvre d'étoiles blanches pour enfin annoncer leur retour après les dernières giboulées, car, sans elles, l'hiver n'est jamais tout à fait terminé et le printemps n'a encore rien à dire.

Je ne sais plus depuis combien de temps je les salue chaque année avec la même candeur, la même émotion, quel que soit le lieu de mon errance. Ici même, à Sainte-Pétronille – c'est noté dans ma *Flore laurentienne* –, je ne suis pas revenu depuis avril 1977. Ce cher Bernard m'avait invité chez lui, m'avait pris au bureau et, en arrivant à l'île, je lui avais demandé si nous n'avions pas quelques minutes pour aller flâner dans les coteaux du sud, ivres du soleil de cette fin d'après-midi radieuse. Vingt-huit ans, c'est quelque chose, et même si je les ai saluées partout ailleurs avec la régularité des millésimes, je me suis excusé auprès de celles-ci ce matin, quand l'amélanchier m'a souhaité la bienvenue au détour du chemin, dans la côte Maranda, et que j'ai retrouvé mes amies à leur même place, fleuries à travers les feuilles mortes dès la neige disparue.

Je parle de la sanguinaire, de l'hépatique, de l'érythrone et de l'asaret ou gingembre sauvage, beautés fragiles des bois décidus, et combien discrètes pendant que le pissenlit se pavane en fanfaron sur les gazons de la ville !

Sanguinaire, hépatique, érythrone, asaret, mots magiques sur les coteaux penchés vers le printemps, mots de bravoure pour ces toutes petites choses un peu éperdues dans le vent des journées encore froides, sans parler des nuits. Je les retrouve souvent ensemble bien qu'elles n'aient pas plus de parenté qu'une Écossaise et un Basque, encore qu'elles s'entendent mieux ensemble que bien des compatriotes.

De la famille du pavot, la sanguinaire en a le latex abondant, tout aussi narcotique, sans doute, avec le traitement approprié, mais il n'en est pas question ici. Il n'est question que de la feuille dentelée qui, de sa pointe aiguë, perce le tapis des feuilles mortes et qui, l'exploit accompli, déploie sa large cape pour présenter aux caresses de l'astre la hampe et son bouton floral qu'elle enrobait dans ses plis. Et c'est tout de suite la floraison, fragile et blanche autour des étamines d'or, svelte ballerine qui dansera sur sa tige jusqu'au bout de son souffle, deux, trois jours à peine, toujours devant son rideau de scène, la feuille mère, qui restera dressée longtemps pour commémorer l'exploit de la petite. Sous terre, à moins qu'un enfant ne l'arrache pour se barbouiller de son sang, le rhizome s'endormira jusqu'au printemps prochain, alors que, du suc des quatre saisons et de toutes leurs couleurs recueillies au meilleur des humus de la planète nourricière, il réinventera le miracle de la résurrection printanière dans le blanc de la neige, célébrant à nouveau l'or du soleil.

L'hépatique est plus discrète, plus frêle, comme Cendrillon au bal. Son charme n'en est pas moins troublant et son histoire bat quatre as. J'invoque, en parlant d'elle, la beauté des jeunes filles sorties de l'adolescence avec des folies et des sagesses insoupçonnées qui désarçonnent leurs parents pour séduire les chevaliers de l'avenir, qui sortent de l'adolescence avec une discrétion qui n'est rien de moins qu'une provocation. L'hépatique peut fleurir dans tous les tons qui se cherchent du blanc jusqu'au mauve et qui s'y retrouvent aux alentours du lilas, le lilas poudreux du pastel plutôt que le crémeux de l'acrylique. Elle fleurit là, sans feuilles, sans rien d'autre que sa tige et ses pétales timides, timidement effrontée et belle dans le désert de son environnement. Elle était prête à fleurir dès octobre, dès novembre, quand les froids sont venus la confiner toute vivante en son réduit de feuilles mortes. Elle a passé l'hiver repliée dans son quant-à-soi. Reconnaissante, tout de même, aux neiges épaisses qui lui ont sauvegardé ses racines, ses provisions, ses désirs, ses projets et ses humeurs.

Voici maintenant qu'elle fleurit. Petit bout de fleur sur petit bout de rien du tout, comme le plus éphémère, le plus doux et le plus chaste des baisers offert à la saison. Puis elle se repliera sur sa hampe, se confiera en sa semence, fera vaillamment ses feuilles pour boire encore du soleil toutes saisons durant, et verra de nouveau accourir la neige pour lui dire d'attendre le prochain printemps.

L'érythrone est la plus grégaire de ces jeunes beautés. Il n'en finit plus d'étaler ses clochettes d'or à la grandeur du sous-bois en proclamant qu'il en est le soleil.

L'asaret, plus modeste, fleurit en cachette sous ses feuilles qu'il faut reconnaître et relever pour découvrir le bijou rouge sang, caché à l'aisselle des pétioles et qui, à la moindre cassure, ajoute son capiteux parfum à sa timide beauté.

Fidèles ! Fidèles et éternelles quant à moi, quant à vous, quant à nous qui passons.

Éternelles ? Non pas, et c'est là leur secret, leur magie, Marianne, Élisabeth et Béatrice, petites amies voisines de ces coteaux. Elles éclatent au soleil, se recroquevillent en elles-mêmes et recommencent depuis que le fleuve bat de ses marées au pied de ce coteau. Et si vous saviez depuis combien de temps le soleil bat de ses marées au pied de ce coteau !

Comme elles, combien d'autres ont vécu, sont morts et sont revenus en formes renouvelées sur les bords du fleuve comme vous, gamines, au cours des ères, des siècles, des années, des jours et des heures ?

Comme elles, vous êtes la fidélité de vos ancêtres, la fleur de leurs soleils, le printemps de leurs étés, de leurs automnes et de leurs hivers. Tout comme elles, vos racines sont ancrées au plus intime de la terre et tout comme elles vous connaîtrez les soleils, les chaleurs, les vents et les froidures, alors qu'en votre printemps vous ne savez qu'être belles.

Belles parce que vous gardez au plus intime de vous-mêmes la signature de ceux et celles qui vous aiment depuis des millénaires et qui, à votre insu, vous regardent fleurir, fidèles.

Fidèles comme sanguinaires, hépatiques, érythrones et asarets.

Mais voilà que je radote. Venez plutôt avec moi que je vous les présente.

Que je vous présente le printemps.

9

Horatio Walker

Mon grand-père Giroux
était immensément riche.
Au bout de l'île, il avait une maison voisine
de celle d'Horatio Walker.
Quand on y allait et qu'on voyait
le peintre travailler dehors,
on était toujours tenté d'approcher
pour voir ce qu'il peignait
et il nous chassait en courant
après nous avec ses pinceaux.
Mais c'était pour rire.
Grand-père et lui étaient de bons voisins.

Marie-Marthe Belleau eut l'occasion de revoir Horatio Walker en des circonstances plus solennelles alors que, devenue une des premières élèves de l'École des beaux-arts de Québec, elle fut invitée, avec toute l'école, à un pique-nique de fin d'année sur la propriété du maître.

– J'y ai même reçu un prix, mais des prix, il y en avait pour tout le monde.

C'était en 1923. L'École des beaux-arts avait ouvert ses portes en 1921 après de longues tergiversations auxquelles Walker n'avait pas été étranger, loin de là. Il avait même fallu l'assentiment des autorités ecclésiastiques, car l'art et la morale n'étaient pas forcément compatibles dans la société québécoise de l'époque et le ministre Athanase David avait finalement emporté le morceau au Cabinet, sous l'œil paterne de Louis-Alexandre Taschereau, premier ministre et député de Montmorency, circonscription qui englobait l'île d'Orléans, le fief du « Millet d'Amérique ».

***

Horatio Walker est né le 12 mai 1858 à Listowel, en Ontario, au milieu de nulle part entre les lacs Ontario et Huron. La ville doit son nom à son homonyme irlandais et rappelle l'immigration massive des Irlandais dans cette région en la première demie du XIXe siècle. Le père de Walker, d'origine anglaise, était arrivé deux ans plus tôt, probablement avec quelques contrats en poche car il fut toujours négociant en bois avec l'Angleterre, ce qui l'amenait fréquemment à Québec pour vérifier la bonne expédition de ses marchandises.

Le jeune Horatio accompagna son père à Québec pour la première fois en 1870 et l'adolescent de douze ans fut vivement impressionné par cet univers si différent du sien, organisé depuis plus de deux siècles et demi, tout à la fois urbain, maritime et rural. Avec son père toujours, on sait qu'il y revint les deux années suivantes et sans doute y fut-il impressionné à jamais, car tout son avenir se jouerait à l'île d'Orléans.

À quinze ans, il se retrouve dans un studio de William Notman à Toronto, où il apprend à colorier des photos et où il découvre les œuvres des grands peintres anglais Thomas Gainsborough et John Constable qui lui dicteront sa vocation. Même occupation à Rochester en 1876, mais le voici dans la capitale nord-américaine de la photographie, Kodak oblige, et parallèlement à son travail il poursuit les études en peinture déjà entreprises à Toronto. Ses progrès sont rapides, ses succès ne tardent pas et son nom est bientôt connu à New York.

Walker sait qu'il n'y a pas que la technique en peinture. Le sujet a son importance, surtout s'il entraîne l'amateur d'art en des lieux nouveaux, inconnus, exotiques. Paul Gauguin doit sa réussite à la Polynésie tout autant qu'à ses pinceaux. Or, des lieux nouveaux, inconnus, exotiques pour Américains bien nantis, Walker en connaît, justement.

Il reprend ses excursions le long du fleuve pour se ressourcer. On sait qu'il sera à Québec de mai à novembre 1880. En cette même année, il loue un atelier à temps partiel à New York et ce sera Rochester, Québec, New York jusqu'en 1885. À Québec en 1883, son atelier est au dernier étage de l'hôtel Clarendon. En 1884, il jette son dévolu sur la propriété de l'actuel numéro 11, rue Horatio-Walker, mais il ne pourra l'acquérir avant 1888. Il s'y construira une chic résidence estivale tout au bord du fleuve, devant la noble silhouette de Québec au loin.

La carrière du peintre est maintenant toute tracée. Il vient chercher ses sujets à l'île d'Orléans durant l'été – l'hiver est absent de ses toiles à cette époque – et il va les terminer et les vendre à New York où il se fixe définitivement de 1885 à 1900.

Aussi originale que soit sa peinture, Walker n'a pas tout inventé et l'engouement des Américains tient surtout au fait que ses modèles orléanais suivent une filiation venue d'ailleurs.

Il faut traverser en France pour la trouver.

Les peintres Camille Corot et Gustave Courbet avaient sonné la rupture avec la peinture de cour et l'académisme. Ils avaient emmené la peinture aux champs, à Barbizon pour le premier et à Ornans pour l'autre. Imaginez ! Dans *L'Enterrement à Ornans*, on pouvait reconnaître tous les personnages du village et, ô stupeur ! il y avait un chien près de la tombe. Après le scandale, ce fut le triomphe quand les citadins ordinaires découvrirent soudain que leurs pères et mères, leurs frères et sœurs, les paysages de leur enfance pouvaient devenir sujets de tableaux et conquérir le monde de l'art jusque-là réservé à la noblesse. Vinrent ensuite Rosa Bonheur avec ses vaches, ses chevaux, et, surtout, Jean-François Millet avec son *Angélus* dans les prés durant la moisson, *Les Glaneuses* et, sommet inatteignable, *Le Semeur,* son geste auguste et son pas athlétique dans la plaine attentive.

Loin de se limiter à Paris, la fièvre passa en Hollande, traversa vite l'Atlantique, et le Tout-New York étourdi par la frénésie de l'industrie et du commerce voulut voir lui aussi des vaches paisibles, des chevaux à l'abreuvoir, des moutons dans la bergerie et des paysans consacrés aux travaux de la ferme et des champs.

Horatio Walker avait tout compris, il savait où prendre, comment faire et où vendre. Vous en voulez des bœufs à l'abreuvoir et des cochons dans la soue ? En voilà. Et voici la petite Pétronille de Saint-François, de même que le père Célestin qui bourre sa pipe. Voici le bûcheron, le paysan tournant sa herse ; voici la récolte des patates, le vieux four, l'étable, le vent de l'est. Et voici le chef-d'œuvre peut-être ? *Le Labourage à l'aube*, une paraphrase du *Labourage nivernais* de Rosa Bonheur que personne ne semble avoir reconnu ou qui devint peut-être célèbre parce qu'on l'y reconnaissait.

En voulez-vous d'autres ? Fouillez et vous trouverez.

En quinze ans, l'île d'Orléans se retrouva sur toutes les grandes cimaises de New York et de Chicago, et dès

1900, avec ses sujets en or et son art indiscutable, Walker, en plus d'être « le Millet d'Amérique », devenait aussi « le Virgile du terroir » et « l'homme à qui la première place parmi les peintres américains devrait être unanimement concédée* ».

Fort de nombreux triomphes et certainement le peintre le mieux nanti d'Amérique, Walker veut maintenant tâter de l'Europe et il s'installe à Londres avec sa famille en 1900, tout en revenant sporadiquement se réapprovisionner à son ancrage de Sainte-Pétronille et y retrouver un calvaire de chemin, des scieurs de bois, une fermière à la traite, une autre qui tond le mouton et de multiples tableaux qui se passeraient même de signature. Ses quelques succès londoniens ne le convaincront toutefois pas de poursuivre sa carrière là-bas et il revient à l'île de façon définitive en 1905. Il y restera trente-trois ans, et c'est alors seulement qu'il s'intègre peu à peu à la haute bourgeoisie québécoise après lui avoir présenté les plus fidèles images de sa paysannerie.

Assez curieusement, en passant par Rochester, New York et Londres, sa réputation avait fini par atteindre Québec au moment où il s'installait définitivement à Sainte-Pétronille en y faisant construire un studio hors du commun. En plus d'être un peintre réputé, il deviendra un amphitryon des plus courus, des plus aimables et des plus généreux, pris d'une soudaine francophilie et désireux de s'intégrer au renouveau culturel qui se dessine à l'horizon.

La coïncidence est heureuse, si c'en est une, car avec la guerre de 1914-1918 les ventes ralentissent aux États-Unis qui s'intéressent déjà avec ardeur au cubisme de Cézanne et de Picasso.

---

* David Karel, *Horatio Walker*, Québec, Musée du Québec, Fides, 1986, p. 92, 112 et 21.

Québec, soudainement éveillé à la réputation internationale du peintre, multiplie bientôt les achats et sollicite ses conseils pour la création prochaine des premiers établissements spécialisés dans l'enseignement des beaux-arts. Cyrille-Joseph Simard, sous-secrétaire de la province et chargé de projet, est chez lui à volonté chez Walker dans une consultation à laquelle se joint souvent le secrétaire lui-même, Athanase David. Une autre personne se joint aussi au trio, Charles Maillard, originaire d'Afrique du Nord, peintre très quelconque mais intrigant de première classe. Walker et Simard conviennent d'ouvrir des écoles à Montréal et à Québec et de nommer à leur tête des professeurs venus de France afin de mettre un terme, après deux siècles, à l'influence nord-américaine sur la peinture québécoise. C'est ainsi que toute l'histoire de la peinture québécoise au XXe siècle se dessine et se trame à Sainte-Pétronille chez Horatio Walker.

À partir de 1923, Walker recevra en pique-nique les élèves de l'École des beaux-arts de Québec. Il participera aux jurys chargés d'accorder les prix et, de ce fait, accordera à Alfred Pellan une bourse qui lui permettra d'aller poursuivre ses études à Paris en 1926. Ce dernier n'en reviendra qu'en 1940. Entre-temps, Maillard intriguera auprès des autorités civiles et religieuses pour écarter Walker du poste auquel il aspire discrètement, la direction générale des beaux-arts. Maillard a la partie facile, car Walker est d'origine protestante et est devenu un agnostique avoué.

Avec Maillard, la tradition académique et religieuse prévaut jusqu'en 1945 alors que Pellan, devenu professeur à son école, expose les travaux de ses élèves, parmi lesquels se trouvent quelques nus. Maillard les fait retirer. Pellan les remet en place et les entoure d'un voile. La presse se saisit de l'affaire et Maillard, couvert de ridicule, doit démissionner. Trois ans plus tard, le *Refus global* de Paul-Émile Borduas viendra enfoncer une porte ouverte par Pellan avec la suite que l'on connaît, illustrée par les Riopelle, de Tonnancour, Bellefleur et autres.

Mort en 1938, Walker n'aura pas connu la suite des événements mijotés dans son domaine au cours des années 1920. En 1928, alors que sa cote est au plus bas tant à Londres qu'à New York, elle atteint son apogée au Québec avec la publication de *L'Île d'Orléans* par Pierre-Georges Roy, secrétaire de la Commission des monuments historiques. Ce livre luxueux pour l'époque reproduisait des œuvres de Walker à toutes les quelques pages. Mais bientôt, même Québec n'aura plus d'argent pour Walker, car la construction du Musée du Québec sur les plaines d'Abraham engloutira le principal de la cagnotte réservée aux beaux-arts, et les œuvres de Walker y sont déjà accumulées au-delà de toute équité avec les autres peintres québécois.

« Ce n'est pas le musée Walker », dira Gérard Morisset.

En 1936, Maurice Duplessis et son Union nationale prennent le pouvoir. L'île d'Orléans n'est plus dans la circonscription du premier ministre comme au temps béni de Louis-Alexandre Taschereau.

Début septembre 1938, Walker apprend qu'il est ruiné. Des amis lui viennent en aide, mais il ne survivra pas à la déconfiture et mourra quelques semaines plus tard, non sans avoir eu le temps de raconter :

« La vie pastorale de nos campagnes, le noble travail de l'habitant, les panoramas grandioses qui l'environnent, les aspects divers de nos saisons, le calme de nos matins et la sérénité de nos soirs, le mouvement de flux et de reflux de nos marées que j'ai observé sur le rivage de mon île qui, vraiment, est le temple sacré des muses et un don de dieux aux hommes, tels sont les sujets préférés de mes tableaux. J'ai passé la plus grande partie de ma vie à essayer de peindre la poésie, les joies faciles, le rude labeur du quotidien de la vie rurale, la beauté sylvestre où s'écoule l'existence paisible de l'habitant, le geste du bûcheron et du laboureur, les feux de l'aurore et du crépuscule, le chant du coq, le train-train de la basse-cour, toute l'activité qui se déploie, du matin au soir, dans les alentours de la grange*. »

Avant Walker, aucun étrange de l'île n'avait connu un tel prestige international. Il avait peint la paysannerie, mais il n'exigeait point que les autres fissent de même. Le don de l'art, disait-il, relève du génie individuel. Mais ce don, pour qu'un artiste l'exerce, exige une formation technique, une connaissance exacte de son métier. L'apprentissage doit dégager l'artiste des entraves d'un métier laborieux, inaccompli.

Il disait aussi : « Autant d'artistes, autant de manières différentes de faire**. »

À ce compte, la carrière d'Alfred Pellan, si différente de la sienne, fut sa plus grande réussite.

Tout cela à partir de Sainte-Pétronille I.O.

---

* J. Russell Harper, *La Peinture au Canada des origines à nos jours*, Québec, Les Presses de l'Université Laval, 1966, p. 211.

** David Karel, *op. cit.*, p. 92.

10

Bernard

J'aime Bernard.

Beaucoup, même.

Peut-être parce qu'on ne se parle pas souvent et qu'on ne se voit presque jamais. Surtout parce qu'on s'est connu de la bonne façon, par téléscripteur.

Il était en poste à la Délégation générale du Québec à Paris, à titre de conseiller de presse. J'étais moi-même responsable du service de l'information au ministère des Affaires intergouvernementales du Québec, coin Saint-Louis et Haldimand, et nous nous écrivions tous les jours, deux ou trois fois plutôt qu'une.

Il m'envoyait des coopérants qui venaient faire ici leur service militaire en lisant ou en grattant du papier, et je lui envoyais des stagiaires dans tous les domaines connus de l'inconnu. Nos propos s'accompagnaient évidemment de commentaires parfois crus et plus souvent sibyllins, car Big Brother avait toujours le loisir de mettre son nez dans nos papotages.

Nous étions extrêmement importants aux yeux de tout autre que nous et nous en bavions de ridicule dans le respect mutuel de soi-même.

Il faisait un saut à Québec une ou deux fois par année, nous mangions ensemble une fois tout au plus, car il avait des tas de gens à voir, et il me racontait un peu en détail ce qu'il avait à peine eu le temps d'aborder sur le fil. Ses vacances, par exemple. Tandis que je me contentais de lire les récits de la San Firmin dans *The Sun Also Rises* de Hemingway, il y allait, lui, et il me racontait le tout du tout de la bacchanale. Une autre fois, c'était son passage à Majorque, dans les Baléares, mais il ne me racontait pas tout.

Un jour, je ne fus plus responsable de l'information au ministère des Affaires intergouvernementales et il ne fut plus agent d'information à la Délégation générale du Québec à Paris. On se perdit de vue jusqu'à ce que je le retrouve au fond d'un autobus entre Montréal et Québec. J'allais faire pipi et il avait une poupée endormie dans les bras sur la dernière banquette.

– Bonjour, Jean.

Imaginez la surprise, une main sur la poignée de porte et l'autre sur la braguette, quand un presque extraterrestre vous interpelle ainsi à peu près vers Sainte-Rosalie.

– Bernard !

– Bonjour, Jean.

– Qu'est-ce que tu deviens ?

– Je suis toujours dans la fonction publique, à Québec maintenant, et toi ?

– Je suis à Montréal et nulle part, je me cherche un job sans en chercher.

– Je te donne des nouvelles.

– Salut !

Ce n'était ni le lieu ni l'occasion rêvée pour faire une longue jasette et les choses en restèrent là, sauf que trois jours plus tard un parfait inconnu, sur la recommandation de Bernard, m'offrait un job dans un hebdo montréalais.

Exit Bernard pour une couple d'années.

Revenu à Québec après ses quelques années à Paris, Bernard s'est installé dans je ne sais trop quel recoin en attendant de trouver ce qu'il cherchait, «un logis sans voisins près d'un arbre et de l'eau». Cela dura quelque temps, car il ne cherchait pas vraiment, jusqu'au jour où un ami lui parla d'un petit quelque chose à Sainte-Pétronille.

Il s'agissait d'une des maisonnettes que le peintre Horatio Walker avait fait construire pour sa valetaille, près de son imposante résidence au bord du fleuve. Comme il s'y trouvait effectivement un arbre et de l'eau, Bernard s'y installa et y demeura gaiement jusqu'au jour où la résidence elle-même fut mise en vente, s'empressant alors de l'acheter.

De retour à Québec quelque temps plus tard, j'entrai en contact avec lui pour une raison quelconque et, m'invitant fort gentiment à souper avec sa blonde, il me cueillit au bureau. On peut deviner ma surprise quand je découvris le lieu où il créchait. J'avais toutefois une demande spéciale avant de visiter sa demeure princière. Je voulais aller voir les fleurs printanières sur les coteaux du sud de l'île. Il en parle encore. Mieux, il est allé en chercher quelques-unes pour les transplanter sur sa propriété.

Très agréable soirée et, au matin, levé avant mes hôtes, je leur laissai mes remerciements sur la table et rentrai à Québec à pied dans la précieuse lumière du printemps qui dansait sur les dernières congères. Sous le pont, des volées d'oies au repos cacardaient en sourdine, se laissant porter par la marée montante.

Et j'ai perdu Bernard de vue jusqu'à l'été dernier, tout en sachant qu'il avait été maire de Sainte-Pétronille et candidat malheureux à une quelconque députation. Que faisait-il donc et qu'avait-il à m'apprendre sur sa chère île d'Orléans?

Tout et rien. Il était toujours professeur au département d'information et de communication de l'Université Laval, il écrivait des livres traduits notamment en roumain sur divers aspects des communications avec les médias, mais il était surtout un des plus notables étranges de l'île avec sa croisade permanente pour lui garder son cachet si particulier. À vrai dire, il reprenait là où Horatio Walker avait baissé les bras, vaincu par l'âge et l'adversité.

Le peintre Clarence Gagnon et l'ethnologue Marius Barbeau avaient tenté de prendre la relève en s'objectant, notamment, à la construction du pont. « Gagnon, ami intime de Walker, avait élaboré un projet d'arrondissement historique, adapté d'un modèle suédois, pour arrêter les ravages du progrès dans l'île d'Orléans. Walker, loin d'y souscrire, s'oppose catégoriquement, qualifiant d'ingérence la bienveillante intention de son ami. Aussi, le projet tombe-t-il à l'eau. Qu'est-ce qui a motivé l'hostilité de Walker envers cette proposition ? Le peintre y a-t-il perçu une mise en vitrine de l'île et de ses traditions ? Jugeait-il que le mal était irréversible ? Était-il désabusé au point de contempler avec égalité d'âme le spectacle du gâchis* ? »

Bernard, lui, ne s'objecte vraiment qu'au développement et aux constructions sauvages. Après l'avoir fait par divers incitatifs alors qu'il était maire – il voulait notamment que les nouvelles maisons soient blanches avec un toit noir, comme les anciennes –, il le fait maintenant par de très jolis billets, acerbes à souhait, dans le mensuel de l'île.

« Qu'est-ce qui crée la magie et le charme de l'Île ? Le premier joyau de cette île aux mille trésors, c'est certainement le PONT DE L'ÎLE. Horatio Walker s'était à

* David Karel, *op. cit.*, p. 112.

l'époque opposé à sa construction, non pas à cause de son esthétisme, mais par crainte de l'invasion des barbares. Le pont majestueux est là et les barbares aussi*. »

Et Bernard de vitupérer contre les autorités municipales qui ne veillent pas au statut patrimonial de l'île avec toute la rigueur nécessaire.

« Il y a dans le monde des sites touristiques exceptionnels et sans faille. Saint-Émilion, en France, est reconnu patrimoine mondial par l'UNESCO, certes à cause du caractère historique de la ville avec ses églises dont l'une date du IXe siècle, ses châteaux, ses remparts, ses rues anciennes pavées et les vignobles à perte de vue qui l'entourent, mais aussi à cause d'autres facteurs contrôlés par les autorités locales.

« Le premier est l'architecture des maisons modernes qui répond à des critères d'insertion admirables. Pas de fausses notes dans la ville. Le choix des matériaux et le volume des maisons s'intègrent harmonieusement dans la ville ancienne. La ville a un caractère et une personnalité qui s'imposent. De très nombreux villages dans le monde ont ainsi perpétué une tradition architecturale. L'île de Ré avec ses tuiles rouges et ses volets verts. La Touraine avec ses toits aux ardoises noires, plusieurs villages de la Nouvelle-Angleterre avec leurs maisons aux murs blancs et contours noirs. À l'île d'Orléans, on n'a pas su créer une telle tradition architecturale et il serait primordial que les élus aient une vision claire de ce que sera l'île sur le plan architectural aux cours des prochaines décennies.

« Le deuxième facteur merveilleux de Saint-Émilion, ce sont les boutiques pour touristes. Le

* « Le Pont de l'île », dans *Autour de l'Île*, novembre 2003.

village attire les touristes à cause de son vin. Ses commerces dispersés à l'intérieur de la ville confirment sa personnalité vinicole. On n'offre que du vin dans des boutiques qui se font discrètes et qui se fondent dans le village. Nous sommes loin des sites touristiques comme Carcassonne, ville fortifiée merveilleuse, mais dont les commerces bigarrés ont envahi chaque maison, offrant des objets disparates, sans personnalité, souvent fabriqués en Asie. C'est le culte de l'horreur et ces commerces ont complètement défiguré l'âme de la ville ancienne. Il existe de nombreux villages dans le monde qui, sans avoir une personnalité architecturale ou sans jouir d'un site exceptionnel, se sont créé une âme commerciale et touristique. Je pense à des villages comme Soufflenheim ou Betschdorf en Alsace, deux villages où le travail des artisans de la poterie constitue la principale économie. Et les deux ont une personnalité distincte, le premier se spécialisant dans la poterie traditionnelle et d'art, le second se spécialisant dans la tradition du «grès au sel». À l'île d'Orléans, une tradition agricole domine et des commerces qui se spécialisent dans les produits du terroir offrent une merveilleuse vitrine de notre savoir-faire en ce domaine. Ils côtoient malheureusement de trop nombreux kiosques sans personnalité.

«Le troisième facteur exceptionnel de Saint-Émilion, ce sont les percées visuelles sur les vignobles. Pendant des kilomètres autour du village, on traverse des vignobles sans fin, caressés par la lumière ou la brume du jour, souvent entourés d'un petit muret de vieilles pierres. Or, on a protégé ces percées visuelles en ne construisant rien sur le bord des routes. Les constructions sont au cœur du vignoble. Ni garage, ni hangar, ni équipement agricole ne viennent agacer l'œil lorsque l'on s'y promène. À l'île d'Orléans, dès que l'on a pu construire sur le bord de la route on l'a fait et le tour de l'île devient, dans certains endroits, le tour d'un chapelet égrené de maisons, de garages et d'autres constructions sans âme qui bloquent la vue sur le fleuve ou qui empêchent d'admirer la nature.

« Nous habitons une île aux mille trésors que nous devons préserver. Si nous devons nous réjouir de plusieurs initiatives heureuses comme celle de la rénovation des maisons anciennes qui permettent de perpétuer la tradition architecturale de l'île et les Prix de l'île qui soulignent les efforts accomplis en ce sens par des résidents, si nous devons rendre hommage à tous ceux qui se dévouent de façon exemplaire pour préserver la personnalité de l'île, il faut déplorer le manque de vision globale du développement harmonieux de l'île de trop nombreux élus*. »

Voilà pour une des plus aimables diatribes de l'ami Bernard et je vous fais grâce de celle sur « Les villages dénaturés par une mauvaise gestion municipale ».

Bernard n'est pas pour autant le pisse-vinaigre que l'on pourrait croire. Épicurien de la plus jolie façon, il ne manque jamais d'aller cueillir des morilles en saison, ni d'inviter les voisins de la municipalité à une collation pour une raison de son invention qu'il transforme en célébration de l'amitié.

Condamné à écrire et soucieux de son lectorat, il collectionne sur une crédence des figurines en porcelaine venues du monde entier à la seule condition qu'elles soient en train de lire quelque chose.

Il ajoute également à l'art de vivre des détails pissants de charme, et l'histoire de sa salle de bain est une épopée en soi. Walker l'avait ornée de fresques

---

* « Des sites touristiques sans faille peuvent exister », dans *Autour de l'Île*, janvier 2004.

peuplées de naïades, d'ondines et de nénuphars. Respectueux de ce chef-d'œuvre très quelconque mais désireux de rafraîchir les lieux, il demanda aux autorités artistiques, muséologiques, patronymiques, archéologiques et tique-tique-tique si elles ne voudraient pas le découper et le garder précieusement ailleurs avant qu'il ne disparaisse sous les plâtres et les carreaux de ses modernes ablutions. «Pas question», fut la réponse. On s'entendit plutôt pour recouvrir la précieuse «affaire» d'un faux mur et de restaurer par-dessus afin que Bernard ne soit plus dérangé par le regard des intruses quand il prend sa douche.

Enfin, son amour de l'île l'a également incité à vivre et travailler parmi les bruits familiers de son entourage, le chant des oiseaux, le vent dans les arbres, le clapotement des vagues et le fracas des glaces. À cette fin, des micros disposés dans le jardin et reliés à un haut-parleur dans son bureau lui transmettent à volonté les frémissements extérieurs du quotidien, y compris le charmant roulis des pneus sous la pluie!

Je n'y peux rien, j'adore les fous du calibre de Bernard.

Seule ombre au tableau: la maison de Sir Horatio Walker n'est pas blanche et elle est coiffée d'un toit vert.

11

Le Caillou-du-Pied-de-Saint-Roch

Dis-moi pas que
t'as réussi à trouver
le pied de saint Roch ?
Je l'ai-t-y cherché !

Et me l'a-t-elle fait chercher !

Ce rocher perdu dans un champ fait partie de toutes les histoires de l'île et a éveillé la curiosité des visiteurs pendant quelques siècles, sauf qu'on n'en parle plus. Et pourtant…

… pourtant, la carte topographique du Canada « Québec 21 L/14 » imprimée en l'an 2000 porte encore, au large du Bout-de-l'Île, la mention « Le Caillou-du-Pied-de-Saint-Roch ».

L'amie Janouk connaissait aussi bien que moi l'existence de cette curiosité, sans l'avoir jamais vue non plus, elle qui avait exploré l'île de long en large, par tous les temps et d'année en année. Pour elle comme pour moi, cette inscription sur la carte était une provocation permanente et ce maudit caillou manquait à son impressionnante photothèque de l'île.

L'avait-elle cherché autant que moi ? Je l'ignore, mais d'un commun accord en ce calme matin d'un beau dimanche, nous prîmes notre courage à quatre mains pour procéder à la solution finale.

Premier arrêt au kiosque d'information de la Chambre de commerce, en haut à droite de la grande côte. Un petit bonjour au *Félix Leclerc* de Raoul Hunter et entrons faire rire de nous. Janouk se contentera discrètement de ramasser des dépliants d'information autour d'elle tandis que j'affronterai seul la réceptionniste avec une bravoure qui ne m'habite pas toujours.

– Bonjour, madame. Savez-vous où se trouve le Caillou-du-Pied-de-Saint-Roch ?

– Le quoi ?

– Le Caillou-du-Pied-de-Saint-Roch !

– Jamais entendu parler de ça !

– Et pourtant, il est inscrit ici sur la carte.

– Ça parle.

Par bonheur, nous étions seuls dans la boutique, la dame était fort aimable, elle avait tout son temps et elle venait d'être piquée de curiosité. À défaut de pouvoir fournir l'information, elle se faisait fort de me prouver ma sottise. La voici donc qui sort brochures et dépliants que nous avions vainement feuilletés nous-mêmes. Elle consulte également une sorte de registre alphabétique aussi muet que le reste de la documentation.

– Attendez un peu.

C'est le téléphone, maintenant. À Pauline, à Gemma, à je-ne-sais-trop-qui. Ça discute fort.

– T'as vaguement entendu dire mais tu ne sais pus ? Tu penses qu'elle le saurait ?

Hélas, l'une est à la messe et le mari de l'autre aussi. Lui, pourtant, devrait savoir.

– Oui ? Tu penses ? Tu me rappelles ?

– Monsieur, je ne peux pas vous répondre maintenant, mais si vous passez en fin d'avant-midi, j'aurai peut-être le renseignement.
– Merci, madame, vous êtes bien fine.

***

Saint Roch naquit à Montpellier, dans le sud de la France, au XIVe siècle. Ayant perdu ses père et mère vers ses vingt ans, il décida de faire un pèlerinage à Rome. La piété met parfois des fourmis dans les jambes. Hélas ! Il arriva en Italie en même temps que la grande peste de Florence en 1348 et, n'ayant rien de mieux à faire, il se mit à soigner les malades tout le long de sa route jusqu'à Rome, pendant trois ans. Sur le chemin du retour, il fut atteint du même mal et, pour ne point répandre la contagion, il s'isola dans une forêt où un ange venait le soigner tous les jours tandis qu'un chien lui apportait du pain. Miraculeusement guéri, il rentra dans sa ville où sa renommée se répandit comme la peste, pourrait-on dire.

Canonisé par la voix populaire, comme cela se faisait à l'époque, on invoqua désormais sa protection contre les maladies contagieuses.

On comprend dès lors sa popularité aussi longtemps que les maladies contagieuses vinrent ravager les populations en séquences imprévisibles. Sa dévotion se répandit dans tout l'Occident et traversa en Nouvelle-France avec les premiers colons, car les épidémies traversaient l'Atlantique avec eux.

Invoquer saint Roch était le vaccin de l'époque et c'est Louis Pasteur, inspiré par le diable peut-être, qui vint mettre en veilleuse la dévotion au saint homme avec son vaccin contre la rage, en 1885, et tous les autres qui devaient suivre par la suite.

Au Québec, son nom reste attaché à plus d'une vingtaine de municipalités, hameaux, rivières et cours d'eau divers, sans compter les paroisses ici et là.

Dans la ville même de Québec, Saint-Roch est la cathédrale de la basse-ville, plus imposante que celle de la haute-ville, si elle était plus dégagée. Elle trône dans un quartier naguère vaste et très prospère où le Marché Saint-Roch était le garde-manger de toute la ville. Côté transport, les terminus ferroviaires et d'autobus sont encore dans Saint-Roch.

Rappelons que le brave saint y eut fort à faire lors de l'épidémie de choléra en 1842 et de grippe espagnole en 1918.

Pas étonnant, alors, que les insulaires aient voulu s'assurer de sa présence rassurante auprès d'eux, même si aucune paroisse ne lui fut dédiée, encore que la légende y était très vivante, de même que l'invocation, en temps utile.

Au hasard de ses travaux agricoles, un brave agriculteur qu'un énorme caillou encombrait au beau milieu de ses cultures crut y voir, en consultant le curé peut-être, l'empreinte des pieds du saint homme, celles de son chien et celle de son bâton.

Les principaux historiens de l'île en parlent diversement. Dans son livre de 1928 sur l'île d'Orléans, Pierre-Georges Roy cite l'abbé Bois, qui écrit en 1864 : « On courait autrefois à Saint-Pierre pour voir un objet de curiosité naturelle qu'on appelait *le pied de saint Roch*. [...] À sa surface, on faisait remarquer l'empreinte des deux pieds nus d'un homme qui aurait couru du nord-ouest au sud-est, l'empreinte de la piste d'un chien, marchant dans la même direction ; et de plus, l'endroit où une canne aurait été appuyée par celui qui passait. »

Variante chez L.-P. Turcotte cité par le même : « C'est un gros rocher au milieu d'un champ sur lequel on remarque l'empreinte du pied nu d'un homme qui court dans la direction du nord-est au sud-ouest. On y distingue aussi la piste d'un chien qui court dans la même direction et l'endroit où une canne aurait été appuyée par celui qui passait. Ces marques sont visibles et bien distinctes. Cette curiosité, qui est presque ignorée aujourd'hui, était autrefois très renommée ; on venait de bien loin pour la voir. »

Une photo illustre le livre de Pierre-Georges Roy et on y distingue les empreintes aussi nettement que l'on peut voir le rocher Percé ou la tour Eiffel dans le fond d'une tasse de thé.

***

De retour dans l'auto, nous roulons vers Sainte-Pétronille.

– Tu sais, Janouk, m'a mère m'en a tellement parlé à travers toutes ses histoires de l'île d'Orléans que j'en suis quasiment devenu fou et je veux quand même voir ce maudit caillou-là. Une fois, j'ai bien failli le trouver, mais on m'a dit : « Vous pouvez pas aller le voir. Il est là-bas au milieu du champ de blé d'Inde. Vous repasserez à l'automne. » Quand je suis repassé à l'automne, ils faisaient les labours et je n'ai rien demandé. Je sais que c'est quelque part à droite, mais va donc trouver un champ de blé d'Inde au mois de mai.

En ce calme matin d'un beau dimanche, il n'y avait même pas beaucoup de champs quelque part à droite.

– Il faut s'informer quelque part par ici, mais dans une maison de né-natif parce qu'il n'y aura pas un étrange au courant de ça.

C'est ainsi qu'on arrêta près d'une solide maison, à gauche plutôt qu'à droite, où le tracteur, la grange et les champs ensemencés nous promettaient quelque espérance de la qualité de l'informateur.

Toc ! toc ! toc ! Et un costaud de brave homme dans la quarantaine vient m'ouvrir. La pièce est grande et la femme est à table avec quelques enfants.

– Monsieur, vous allez rire de moi, mais je cherche le Caillou-du-Pied-de-Saint-Roch et je suis pas mal certain que je suis proche, mais je ne sais plus où chercher.

Il rit abondamment en effet.

– On allait jouer dessus quand j'étais p'tit gars ! C'était dans le milieu du champ à X, là-bas. Mais y-z-ont ouvert une rue et y a pus de champ là. Ça se trouve derrière la maison à... à... à... Comment y s'appelle, donc, Francine ?

Haussement d'épaules de Francine.

– En tout cas, c'est la maison...

Et de me la décrire si parfaitement que je frappe à la porte cinq minutes plus tard. Une vieille dame vient m'ouvrir, m'entrouvrir la porte, plutôt, et elle a l'air si lasse que j'en suis plutôt confus.

– Madame, dis-je tout piteux, je cherche le Caillou-du-Pied-de-Saint-Roch.

– Ah ! On voit pus rien. C'est en arrière du garage.

Et la porte se referme net, fret, sec.

– Janouk, c'est en arrière du garage.

Vous auriez dû voir la course vers l'arrière du garage et le swing de l'appareil photo de la pro, de part et d'autre du caillou, pas plus gros qu'une taураille couchée, et qui ressemblait comme un jumeau à la photo du livre de Pierre-Georges Roy. Seule différence, il était presque entièrement couvert de mousse et on n'y voyait encore moins que rien.

Faut-il ajouter que je garde cette photo précieusement, oh ! combien précieusement, et que je ne révélerai jamais où se situe le fabuleux caillou, de crainte que ces braves gens ne soient constamment dérangés par des imbéciles de mon acabit et qu'ils ne viennent me mettre leur pied quelque part.

12

La grotte Maranda

Chut !

Il ne faut pas trop parler de la grotte Maranda, car cela dérangerait trop de monde trop souvent.

Pour s'y rendre, on doit prendre, sans le raconter à quiconque, un chemin privé qui se scinde en deux autres chemins privés qui, eux, se jettent dans l'à-pic des falaises à la frontière des paroisses de Sainte-Pétronille et de Saint-Laurent, à peu près devant la pointe de La Martinière à Lauzon, sur la rive sud, pour rejoindre des résidences où les gens ont le droit d'avoir la paix au bord de l'eau sans voir arriver des fainéants qui, carte en main, leur demandent bêtement :

– Je dois pas être bien loin, d'après ma carte, mais où diable est la grotte Maranda ?

Gentil, très gentil le monsieur. Il aurait pu vous dire :

– Vous êtes sur un terrain privé au bout d'un chemin privé, monsieur. Foutez-moi le camp d'ici.

Alors, vous auriez fait un saut par-dessus le mur de soutènement et, vous retrouvant à deux pieds sur la batture, sur les terres de la reine d'Angleterre qui délègue Sa Majesté au gouvernement canadien pour un timbre et un sourire, vous auriez dit béatement :

– S'cusez-moi de vous demander pardon, monsieur, mais je suis chez moi sur les rivages du grand fleuve.

Sauf que ça ne se passe pas comme ça.

Pour des raisons plus excellentes les unes que les autres, mieux vaut y aller tôt le printemps quand avril n'a pas tout à fait réussi à effacer l'hiver dans le creuset des pentes, sous la chênaie rouge, et que la neige fondante continue à faire chanter les rigoles sur les rochers luisants.

Les arbres n'ont pas encore fait leurs feuilles, tout occupés qu'ils sont à étirer leur musculature de troncs et de branchages dans l'air doux que le fleuve traîne avec lui, et à se jalouser les uns les autres en comparant la surabondance de leurs bourgeons, en comptant, visibles au sol, les glands qui racontent leurs exploits de l'été dernier et en se chicanant sur l'audace de leurs racines qui rampent, s'entrecroisent et se confondent dans le sous-sol comme là-haut les branches dans le vent.

Vous laissez l'auto près du bois en haut de la dernière côte, celle qui vous fait des menaces pour le retour, et vous suivez la lumière dorée qui vous précède dans les pentes en vous montrant ici le pas-d'âne échevelé, l'hépatique mauve et timide un peu plus loin et, sur le dernier plateau avant la grève, la sanguinaire fragile mais triomphante, rassemblée en bandes sous des frissons d'abeilles réveillées en même temps qu'elles.

C'est là que vous découvrez les chalets des messieurs Boily, père et fils, des gentilshommes de Beauport, tout juste à l'autre bout du pont sur la rive nord, établis ici depuis des soleils et des lunes et qui vous voient venir avec votre carte.

– Je dois pas être bien loin, d'après ma carte, mais où diable est la grotte Maranda ?

– Ah ! La grotte Maranda ! Mais non, vous êtes pas loin, monsieur, mais vous ne la trouverez jamais si vous continuez par ici. Il vous faut virer de bord. Vous voyez la maison là-bas sur la pointe avec un quai qui avance devers le fleuve ? C'est juste de l'autre côté en entrant dans le bois. Vous pouvez pas la manquer.

– Vous êtes bien gentil. Merci, monsieur.

– Ça fait plaisir. Bonne promenade.

Longue marche sur la grève encore fraîche de la dernière marée avec, ici et là, des flaques agitées par des animalcules invisibles et une flore intertidale tenace qui commence à reprendre du vert. Les schistes rivalisent de couleurs et de suggestions imaginaires, une flèche, une tête, un oiseau, un œil… on en ferait d'interminables collections et, non loin de moi, une amie joue tellement de l'appareil photo qu'elle trouve à peine le temps de marcher vers notre découverte.

La peste soit des photographes, ailleurs que dans les livres.

Heureusement que la grotte est patiente, une vertu qu'elle cultive depuis des millénaires. Elle nous accueille comme sur les photos, bouchée presque aussitôt ouverte sur le fleuve qui coule devant. Cinq mètres tout au plus, parois flanquées de deux banquettes et fleuries d'initiales, un repli de la vieille croûte sous-marine d'Iapetus comme il y en a quelques autres dans la pente, mais le seul que l'eau et les siècles aient réussi à évider.

La caverne de Platon se voulait plus spacieuse pour ses ombres. Celle-ci n'a de place que pour une seule. Comme toujours, pour combler le vide de l'inconnu, la légende en a fait le domicile d'un dénommé Bontemps, fantôme errant, bienveillant, utile pour mettre les enfants au lit de bonne heure, et dont la trace reste invisible dans les brumes de l'histoire.

Ainsi donc, nous voici devant la grotte célébrée ici et là dans les récits, dans les livres, auréolée de mystère, hors de tous les circuits touristiques et qui semble même avoir échappé à la loupe explicative des géologues, plus portés sur le plein que sur le creux.

La grotte doit son nom à Jean Maranda, propriétaire de cette terre dès 1689. La toponymie retient également son nom pour l'anse, la pointe, les rochers sournois qui se cachent à marée haute et, surtout, pour l'énorme bloc erratique au bord du chemin Royal là-haut, la roche à Maranda, sur laquelle les Gosselin ont plaqué une épigraphe à la mémoire de leurs propres ancêtres, car il ne faut pas que le temps efface les chicanes de voisins, ne fût-ce que pour un caillou monumental.

Au retour, c'est le fils Boily qui nous accueille, avec la même politesse, la même gentillesse, et avec la porte moustiquaire qu'il est en train de poser.

– Vous avez trouvé ?

– Merci, oui.

Sa famille est installée dans cette résidence secondaire depuis près de quarante ans, mais ils ne sont pas tout à fait des sorciers pour autant. À défaut d'être des nés-natifs, ce sont des étranges et ils le resteront toujours, sans jamais s'en porter plus mal, grands navigateurs pour qui le fleuve et ses rives n'ont plus beaucoup de secrets et pour qui l'île est un trésor aussi précieux, aussi cher et plus fragile, peut-être, qu'aux nés-natifs.

Politesses et remerciements.

– Plaisir ! Vous êtes toujours les bienvenus.

Au charme d'arpenter des paysages à la fois intimes et grandioses s'ajoute parfois le privilège de rencontrer des hommes non moins aimables, sortis des dialogues de Platon, peut-être.

13

Le trou Saint-Patrice

Par la grève, on allait au
trou Saint-Patrice chercher de la crème.
Il y avait six garçons dans cette maison-là
et qu'est-ce qu'on voyait sur la galerie ?
Toutes les bottines, tous les souliers.
Pour que la maison reste propre, ils se
déchaussaient à chaque fois qu'ils y entraient.

Il en est ici comme sur la pente savonneuse du péché : descente précipitée et remontée laborieuse.

À la verticale, le trou est une dénivelée d'environ cent mètres sur une pente de quelque soixante degrés et la route chantourne la falaise comme elle peut ; à l'horizontale, l'échancrure du rivage s'ouvre sur un presque demi-kilomètre et, à marée haute, le fleuve y pénètre d'autant, la lumière aussi, sauf quand les grands arbres des deux rives développent leurs feuillages au soleil de mai et que la canopée assombrit les lieux de sinistre façon jusqu'en octobre.

On y descend à ses risques et périls, pour la voiture d'abord, pour la santé mentale ensuite, car on pourrait y rencontrer aussi bien l'apôtre de l'Irlande que les personnages les plus étranges de la littérature universelle, de la pudique Marie de France à Voltaire le sardonique, en passant par Dante et Rabelais, et qui plus est, on risque d'y assister à un sabbat d'enfer mené par nul autre que Satan et ses consorts.

La légende veut – car tout n'est que légende sous les ombres menteuses –, la légende veut que le bon saint Patrice ait eu beaucoup de difficulté à convaincre ses ouailles des réalités du ciel et de l'enfer. Qu'à cela ne tienne, le ciel lui vint en aide aussitôt. Avec sa houlette de pasteur, le saint homme traça un grand cercle sur le sol, le sol s'entrouvrit à l'intérieur pour devenir l'orifice d'un abîme où tous ses incrédules de Celtes purent apercevoir les horreurs de l'enfer, flammes et démons confondus.

Cela se passait il y a fort longtemps, Patrice ayant vécu de l'an 389 à l'an 461, et si l'horreur s'est diluée avec le temps, l'expression «trou Saint-Patrice» est restée dans la tradition orale pour désigner un endroit suspect, dangereux, difficile à franchir.

De grands pécheurs eurent, dit-on, l'autorisation d'y descendre pour expier leurs fautes de leur vivant. Soumis aux divers tourments des démons, ils en étaient délivrés en invoquant le nom du Christ et, apercevant la cité sainte du paradis au bout de leurs épreuves, ils sortaient du trou ruisselants de pureté et terminaient leur vie saintement pour enfin accéder à la Jérusalem céleste.

Le moine cistercien Henri de Saltrey a raconté l'histoire du chevalier Owenn qui s'y serait aventuré en 1153 et qui en sortit au grand ébahissement de ses contemporains qu'il convertit du même coup.

Nuance toutefois. Comme il devenait possible d'en sortir, le trou de saint Patrice n'était plus la porte de l'enfer. Il devenait plutôt l'entrée du purgatoire, d'où le titre de l'ouvrage : *Traité du purgatoire de saint Patrice.*

La poétesse Marie de France, 1154-1189 – elle s'appelait Marie de France parce qu'elle vivait en Angleterre –, traduisit en français le récit du pieux moine sous le titre *L'Espurgatoire de Seint Patriz*, et le succès de son poème éclaboussa toute l'Europe lettrée.

Qui s'en empara, croyez-vous ?

Durante Alighieri d'abord, 1265-1321, mieux connu sous le nom de Dante. L'enfer de sa *Divine Comédie*, c'est le trou de saint Patrice revu, corrigé, augmenté, amélioré et mis en vers par un poète humaniste du XIIIe siècle, mille ans après que le trou eut été creusé.

Pour Rabelais, 1494-1553, éternel profanateur des saintes images, le trou de saint Patrice devient évidemment l'orifice des principales déjections corporelles, orifice soudain devenu propre grâce au génial Gargantua qui invente le « papier à torche cul ».

Calderón vint ensuite, 1600-1681, et le grand dramaturge espagnol ramena la décence dans la tradition, sa pièce s'intitulant *Le Purgatoire de saint Patrice.*

Voltaire, 1694-1778, voulut apporter une opinion définitive sur tout cela en écrivant : « Ce trou Saint-Patrice, ou Saint-Patrick, est une des portes du purgatoire. Les cérémonies et les épreuves que les moines faisaient observer aux pèlerins qui venaient visiter ce redoutable trou ressemblaient assez aux cérémonies et aux épreuves des mystères d'Isis et de Samothrace. L'ami lecteur qui voudra un peu approfondir la plupart de nos questions s'apercevra fort agréablement que les mêmes friponneries, les mêmes extravagances, ont fait le tour de la terre ; le tout pour gagner honneurs et argent. »

Quand il parle honneurs et argent, Voltaire fait allusion aux lieux de pèlerinage réputés à travers le globe et l'histoire, endroits qui se couvrent automatiquement de monastères, d'auberges, et de toutes les nécessités de la piété, de la transhumance, qui s'accompagnent automatiquement d'espèces trébuchantes et sonnantes.

En Irlande, les pèlerinages au trou Saint-Patrice sont surtout concentrés à l'île Station dans le lac Derg, non loin de la baie de Donegal, où les équipements sont à la mesure de l'affluence.

Au cours des âges, la mauvaise odeur ou la mauvaise renommée du trou Saint-Patrice, l'une valant l'autre, a aussi gagné les navigateurs qui ont eu tendance à donner son nom à la moindre échancrure, suspecte ou bienvenue, le long des voies navigables.

En France, grâce à Marie du même nom, comptez vous-même le nombre de trous Saint-Patrice.

Chez nous, il n'y en a qu'un, en cette bienheureuse île d'Orléans, 46° 51', 71° 02', et le nom, que l'on sache, lui est attribué depuis que les navigateurs français ont cherché halte et refuge contre le vent ou la marée sur le fleuve, aux avant-postes de Québec. Sur la carte de Robert de Villeneuve, cartographe du Roi, le trou Saint-Patrice est déjà à sa place en 1689 et, depuis, de nombreux chroniqueurs rapportent que les voiliers s'y mettent à l'aise au besoin en évitant le pire et en attendant le mieux.

J'étais perplexe avant de m'y aventurer avec une vieille complice, toujours la même Janouk, en ce matin de mai d'une exquise fraîcheur. Je lui racontai mes appréhensions chemin faisant, en réplique de quoi j'eus droit aux sarcasmes que vous devinez. Tout était calme à marée basse dans le trou. Dans les quelques résidences sur les berges, au bord de l'échancrure, on s'affairait à réparer les menus dégâts de l'hiver pour « emmieuter » les « accoutumances » de l'été.

Nous herborisâmes un peu de part et d'autre sur l'estran en quête de quelque fleur, regardant aussi le monde à fleur d'eau, y compris le minéralier qui passait et dont j'ai honte de n'avoir pas noté le nom, mais il était rouge, noir et blanc, comme tous les minéraliers.

Puis on revint vers l'auto, stationnée un peu au-dessus du bout du trou, et sur un replat de la pente, il y avait du monde.

– Regarde, dis-je à Janouk.

– Regarde quoi ? répondit-elle. Je ne vois rien.

– Tu ne vois pas tout ce monde réuni ? Il y a saint Patrice avec sa chasuble verte ornée d'une croix celtique, s'appuyant sur sa houlette fleurie d'un oxalis « shamrock ».

– Tu es malade ?

– Regarde le chevalier Owenn enfermé dans son armure. Oh ! Il relève sa salade pour nous dire bonjour.

– Bon ! Très bien. Et moi, je suis Marie de France qui te dit : sacrons notre camp d'ici.

– Tu n'es pas Marie de France. Ne la vois-tu pas ? C'est elle, là, qui parle avec son cistercien, debout à côté du hêtre. Tu ne la reconnais pas avec sa blouse blanche et son cotillon bleu ?

– Jean, nous avons rendez-vous avec Jean Spence et nous serons en retard si tu restes ici à délirer.

– Tu ne vois pas Dante, assis sur sa souche ? Dieu qu'il a l'air malheureux ! Et Calderón, qui essaie de le consoler, et Voltaire qui se marre avec Rabelais ! Tu ne vois pas cela ?

Janouk se détourne, se dirige vers l'auto, ouvre les portières, dépose ses sacs d'appareils photo, ouvre le coffre, y jette ses bottes jaunes, flambant neuves, va s'installer au volant et me klaxonne un « Pout ! Pout ! » pour que je l'accompagne sur le siège du passager, quand un bruit de moteur descend soudain la côte à la fine épouvante. Elle sort de l'auto en catastrophe, les yeux sortis de la tête aussi, et qu'est-ce qui arrive dans une gloire de poussière ?

Un véhicule de livraison de la rôtisserie Saint-Hubert, 300, boulevard Sainte-Anne à Beauport – leurs succursales ne sont pas autorisées sur l'île –, et le livreur en sort avec la panoplie de ses délicatesses. Il descend jusqu'au replat dans la pente, étale une nappe, y dépose ses morceaux de poulet rôti, ses frites, ses napperons, ses ustensiles.

J'avais moi-même une bouteille de cidre précieusement cachée dans la glacière du coffre. Je cours, je la prends, je descends, je l'offre à cet aréopage.

Denis, le livreur de Saint-Hubert, s'esclaffe :

– Là, vous êtes gras dur !

Les anciens se regardent, s'assoient sur les feuilles mortes, se mettent à boire, à manger et à rire tandis que nous les quittons en catimini, respectueux de leur précieuse intimité en cette soudaine rencontre.

L'auto souffle dans la côte et Janouk, muette depuis un moment, dit :

– On va être en retard.

– Oui, mais le trou Saint-Patrice est si profond.

14

Saint-Laurent

Eh ! que c'était beau,
l'île, dans ce temps-là !

Comment se fait-il donc que la Saint-Laurent ne soit pas davantage fêtée chez nous, étant donné que le légendaire supplicié du « charcoal » est également le patron éponyme du grand fleuve à l'origine de ce pays, l'artère vitale, la distinction, la fierté, la gloire du Québec ?

Une fête d'autant plus spectaculaire qu'elle se présente au plus beau, au plus doux de l'été, le 10 août, parmi des feux d'artifice qui nous tombent du ciel avec la pluie d'étoiles filantes des perséides, une des plus belles de l'année, alors que la Terre, dans son obéissante et séculaire translation, traverse un nuage de débris qui s'enflamment à son passage, les poussières de la comète Swift-Tuttle.

Le mardi 10 août 1535, fête de saint Laurent, un certain Jacques Cartier louvoyait ici et là le long des côtes du grand golfe où il s'était aventuré l'année précédente. Il revoyait les sites qu'il avait identifiés et, ignorant qu'il était dans l'estuaire d'un long fleuve, il poussait plus avant son exploration au fond des baies pour y chercher une percée vers l'intérieur du continent. Ce jour-là il écrit :

« [Nous] treuvasmes une fort belle et grande baye, plaine d'isles et bonnes entrées, et posaige de tous les temps qu'il pourroyt faire. Et pour connaissance d'icelle baye, y a une grainde ysle, comme ung cap de terre, qui s'avance plus hors que les aultres, et sus la terre, envyron deux lieues, y a une montaigne, faicte comme ung tas de blé. Nous nommasmes la dicte baye, la baye Sainct Laurens*. »

Cartier ne découvre rien qui ne soit déjà connu par les Basques. Il ne fait que les suivre dans les territoires où ils pêchent la morue et chassent la baleine depuis plusieurs siècles déjà. Les fours que l'on voit encore sur les rives et dans les îles en témoignent. Mais Cartier est le premier à nommer et à décrire cette partie de l'Amérique du Nord et, dans l'Europe lettrée, ses récits feront fureur. Quand ceux-ci sont traduits en espagnol puis en italien, la baie prend souffle de légende et devient soudain un golfe, puis un fleuve dit « Saint-Laurent », parfois dit « de Canada », jusqu'à ce que Samuel de Champlain reprenne « Sainct Laurens » en 1604, nom qui s'est imposé par la suite.

***

« 10 août, nuit de la Saint-Laurent, pluie d'étoiles. Mes souvenirs remontent au temps où, à la même date, nous courions le long de la grève jeter les dernières

* J.-Camille Pouliot, *La Grande Aventure de Jacques Cartier*, y compris « Le deuxième voyage de Jacques Cartier, manuscrit 5589-B, conservé à la bibliothèque nationale à Paris », Québec, 1934.

poignées de jonc aux bûchers destinés à célébrer la mémoire du saint du jour qui mourut par le feu. Ils s'élevaient haut, ces bûchers, et tard dans la nuit, nous rêvions à la clarté des flammes, nos yeux suivant les étincelles qui montaient toutes d'un jet dans le ciel. Là-haut, une étoile glissait, qui semblait venir les rejoindre. Dans nos imaginations revivaient les légendes, ces récits qui ont pour cadre l'île d'Orléans : les sorciers de Philippe Aubert de Gaspé, se tenant par la main, tournoyaient en rondes folles ; saint Roch et son chien, qui laissèrent trace de leur passage sur un rocher de l'île, se profilaient dans la brume ; le clapotis des vagues nous apportait le gémissement de la dame Blanche de Montmorency… »

C'est là le début d'une causerie que ma mère prononça je ne sais où ni quand, mais dont j'ai retrouvé le texte dans des boîtes pleines de vieux papiers. Mon père ramassait tout ce qui était papier et n'en jetait jamais. Ma mère s'attachait plutôt aux objets et n'en jetait pas non plus. D'aucuns trouvaient que leurs maisons étaient musées. Pour moi, elles furent toujours capharnaüms et j'en sais quelque chose, car bien souvent, c'est moi qui les entretenais.

Cette causerie portait sur Éléonore de Grandmaison, une des premières héroïnes de l'île d'Orléans dont l'un des moindres exploits n'est pas d'avoir été veuve une quatrième et dernière fois à l'âge de cinquante ans. Pierre-Georges Roy raconte tout cela dans *L'Île d'Orléans**.

« Plus tard, j'appris à faire la part du réel. Elle n'en est pas moins belle dans ce lieu où les traditions sont si bien conservées, où les vieilles maisons de pierre blanchies à la chaux abritent une neuvième et une

* Pierre-Georges Roy, *L'Île d'Orléans*, réédition, Québec, Librairie Garneau, Éditeur officiel du Québec, 1976, p. 21 et sq.

dixième génération. Les femmes, avec leurs grands chapeaux de paille de blé tressés à la main et leurs jupes en étoffe du pays de couleur claire, sont les âmes rayonnantes du foyer ; elles ont transmis à leurs filles, avec les secrets du métier à tisser et du rouet, le secret bien autrement compliqué de former des hommes et des femmes qui font honneur à la race canadienne-française. »

Voilà pour la prose patriotique.

Quand ma mère raconte au lieu d'écrire, ses nuits de la Saint-Laurent à l'île deviennent encore plus fantastiques.

« Les gars faisaient des guirlandes avec des casseaux vides de fraises et, je ne sais plus comment ils s'y prenaient, avec des chandelles peut-être, mais ils mettaient le feu là-dedans et ils couraient avec ça sur la grève. Les sorciers, on les voyait danser pour de vrai devant nous et c'était déjà extraordinaire, mais ça n'était pas le clou du spectacle. Là on regardait sur la rive sud et tout d'un coup les gens de Saint-Michel-de-Bellechasse nous répondaient de la même façon.

« La sorcellerie devenait de la magie.

« Pour terminer la soirée, les gars mettaient le feu au plus grand sapin qu'ils avaient pu trouver et qu'ils avaient planté sur la grève. C'était toute une flambée et Saint-Michel répondait encore de la même façon. »

Si le village de Saint-Laurent est impérissable dans la mémoire de ma mère, son nom à elle est également impérissable dans la mémoire de Saint-Laurent, et voici comment.

En ce temps-là, la dévotion au Sacré-Cœur était tout aussi contagieuse que l'actuelle dévotion à René Lévesque et elle prenait une envergure qui semblait ne devoir jamais s'éteindre. L'inauguration de la basilique du Sacré-Cœur, à Montmartre, date de 1910 seulement.

Or, Saint-Laurent avait sa bonne part de villégiateurs bien nantis qui passaient l'été à l'hôtel Fillion ou dans des maisons avoisinantes et le curé Ulric-J. East les voyaient très bien se joindre à ses paroissiens permanents pour souscrire à une de ses grandes idées : ériger une statue du Sacré-Cœur, bras ouverts sur sa paroisse, en plein devant l'église. La souscription prit les formes les plus diverses, dont une devenue classique, la présentation d'une pièce de théâtre au profit du saint monument. Saint-Laurent ne manquait pas d'artistes parmi ses villégiateurs et l'un deux, dramaturge talentueux dont le nom s'est égaré dans la brume des mémoires de ma mère, proposa un ouvrage de sa composition aux adolescents de la place, *Les Quatre Prunes*.

Un titre prometteur !

René, le frère de maman, y allait notamment d'une tirade où il déclarait ne désirer rien de moins, rien de plus qu'une prune des îles Fortunées, nom des îles Canaries depuis Pline l'Ancien, îles si peu fréquentées que la légende s'était chargée d'en faire une sorte de relique de l'Éden lui-même.

Si ma mère a oublié le nom de l'auteur, elle peut encore chanter un refrain très osé sur lequel le curé s'était bouché les oreilles en expliquant au Sacré-Cœur que c'était pour sa statue :

Quand je bois du vin clairet
Tout tourne, tout tourne
Quand je bois du vin clairet
Tout tourne au cabaret

Il faut croire que la pièce connut un franc succès, car le Sacré-Cœur veille sur la paroisse depuis, et un parchemin contenant le nom des participants ainsi que des donateurs, y compris celui de mademoiselle Marie-Marthe Belleau, a été déposé dans le socle du monument, ce qui explique peut-être la protection divine qui veille encore sur ses cent deux ans.

15

Un bon boucher

Un homme, son épouse, une soirée et toute l'histoire du marché de l'alimentation au Québec depuis un demi-siècle passe à l'écran du souvenir dans le calme d'une de ces belles vieilles maisons de Saint-Laurent, surtout qu'avec un fin causeur comme Jean Spence les anecdotes deviennent aussi délicieuses que les petits plats qui sortent de sa cuisine et qui font parfois venir la clientèle de bien loin.

Et combien affable, le monsieur. Il ne me connaissait ni d'Ève ni d'Adam quand j'ai sollicité cette rencontre sur la seule foi de sa renommée, du charme de son établissement, de la tendresse de son boudin au lait et de sa terrine de lapin au cassis. Surpris, il en a parlé à son fils Ian, plus ferré en lectures et écritures, et il me reçoit avec une noblesse qui n'appartient souvent qu'aux gens les plus ordinaires. Tenez, avant de s'asseoir pour la longue conversation, il se ressaisit soudain comme s'il avait oublié une politesse essentielle :

– Prendriez-vous une santé ?

– Non merci. Un verre d'eau, peut-être.

Il n'en a pas besoin lui non plus. Sa Monique se lève et revient avec de l'eau pour nous trois, et moi, je n'oublierai jamais la finesse de cette formule que je n'avais jamais entendue : « Prendriez-vous une santé ? »

Toutes choses en place, il s'assoit à la table de verre qui nous réunit et sous laquelle il s'allonge les jambes. J'assisterai alors à autre chose d'inédit dans ma vie. Au cours de longues conversations, nous agitons tous les bras, les mains, inconsciemment, pour accompagner l'expression de nos propos. Jean Spence fait de même, mais il parle aussi avec ses pieds, avec ses orteils surtout, et dans leurs chaussettes vertes ils gesticuleront toute la soirée, discrètement, comme des marionnettes qui se dandinent pour me fasciner et me confirmer le récit du castelier.

Né à Dolbeau en 1940, Jean Spence a connu l'enfance des enfants du Nord, l'enfance des longs hivers quand les loisirs se ramènent souvent au patin et au hockey, encouragés en cela par *La Soirée du hockey* où les exploits de Bill Durnan et de Maurice Richard, qu'on ne voit pas mais qu'on entend, sont encore plus fantastiques. Mais pour lui, le hockey est plus important sur la patinoire locale qu'à la radio, jusqu'à ce qu'il se blesse au fémur. Blessure qui semble anodine mais qui nécessite une première opération à l'âge de douze ans et une autre à quatorze ans, de quoi ralentir les ardeurs du jeune hockeyeur. Pour se ménager, il se contentera de garder les buts durant une saison. Pour la suivante, il se hasarde à la défense et le voici bientôt rendu au niveau junior B quand des complexités organisationnelles du hockey junior le laissent dans les estrades en pleines éliminatoires. De ce fait, la carrière est compromise, en partie par ces chicanes de juridiction, en partie par les caprices de son fémur et en partie par des événements familiaux.

Ici entre en scène le père de notre jeune étoile, un père qui fut politicien, fondateur de caisse populaire et pilier du mouvement coopératif au Lac-Saint-Jean, un père qui avait les maximes les plus étranges pour organiser la vie de sa famille et l'avenir de ses enfants.

Une première maxime : « Vu que, dans la vie, il faut manger trois fois par jour, il serait prudent de se partir une petite épicerie. Comme ça, on serait au moins certain de ça. » Aussitôt dit, aussitôt fait. Le téléphone sonne un soir pendant la récitation du chapelet en famille et le local convoité est maintenant disponible.

Deuxième maxime : « Sais-tu, Jean, quand tu ris, t'as des trous dans les joues, t'as une belle grosse face ronde pis il me semble que tu vas faire un bon boucher. »

– Avec ça, j'étais placé pour la vie !

En effet. Son prof de neuvième année était l'organisateur politique de l'adversaire de son père et « les relations n'étaient pas excellentes », alors il laisse l'école pour étudier la boucherie, sur place d'abord et à Montréal ensuite où il se spécialise en charcuterie.

Troisième maxime du paternel pour inciter son jeune boucher à une impeccable propreté : « Oublie pas, Jean, que le manger ça va dans la bouche. »

Avec un peu de hockey à travers tout cela, « je rentrais à la boucherie à dix heures et demie après la partie et je faisais de la saucisse jusqu'à deux heures du matin ».

Son père meurt bientôt et, en 1960, il abandonne le magasin pour se lancer avec son frère dans la distribution des produits alimentaires. Pendant trente ans, d'une ville à l'autre, il achète une entreprise, ensuite une autre et il grandit, grandit, grandit jusqu'à ce qu'il vende son entreprise à Provigo en 1987. Pendant trois ans il est au top du top dans l'administration du marché de l'alimentation, puis en 1990, alors qu'il a cinquante ans, Provigo lui dit merci, bonjour.

À travers tout ça, il avait rencontré Monique Belley, une infirmière auxiliaire de Jonquière avec qui il a trois enfants.

Le moment de stupeur passé, conseil de famille, bye bye le royaume du Saguenay et bonjour Sainte-Foy, on recommence à la case départ dans une petite épicerie, s'il vous plaît. Ce sera à Cap-Rouge d'abord, et pour fêter les débuts de l'entreprise, quoi de mieux qu'une tarte aux bleuets de 200 livres, 90 kg, et de 600 portions ?

Mais pour toutes sortes de raisons, le cœur n'y est pas. Il se cherche autre chose, dans un milieu plus calme, plus campagnard et il louche très fort vers l'île d'Orléans où il déniche enfin ce qu'il cherche en 1994.

Depuis, ça ressemble pas mal au bonheur total.

– Et vous, madame, vous avez abandonné votre métier d'infirmière auxiliaire ?

– Vous pensez ? Jean a été opéré quarante fois !

– Ben oui. Quarante fois. Je me suis fiancé en béquilles. J'ai passé des Noëls à l'hôpital. Elle était toujours là près de moi.

Elle était près de la clientèle, aussi, réputée pour le soin des poupons tandis que maman faisait ses courses. Jean n'était pas étranger à ces façons, lui qui, à l'occasion, ne pouvait s'empêcher de crier :

– Monique, viens voir le beau bébé.

Depuis quelques années, elle s'est éloignée davantage du magasin :

– Je suis trop sévère envers les employés, surtout quand ils ont une attitude distante avec la clientèle. On est de la vieille école, on fait ce que les autres ne font pas : appeler les gens par leur nom, prendre des nouvelles de la famille, être gentils parce qu'ils nous sont fidèles. C'est comme ça que les gens nous ont acceptés et c'est pour ça qu'ils nous ont choyés. C'est pas partout comme ça, mais ici, y a des gens qui nous l'disent qu'y nous aiment. C'est ben tant mieux parce qu'on les aime.

Jean opine et y va ensuite d'un compliment plutôt inusité :

– Monique ne saura jamais comment elle m'a aidé. Voyez-vous, elle ne m'a jamais empêché de travailler.

Pour cette raison, entre autres, le magasin est ouvert de 7 à 22 heures tous les jours.

Un beau matin, la maison voisine s'est trouvée à vendre et il n'y a pas eu de discussions non plus. Ce n'est pas en achetant un commerce et une maison que les étranges deviennent des nés-natifs, mais les Spence en ont de plus en plus l'allure parce que, en vendant les produits de l'île en priorité, ils se font des amis en dedans et en dehors.

Il y a aussi qu'une certaine cuisine traditionnelle d'excellente qualité s'insère très bien entre le fast-food et la gastronomie haute-fourchette-petite-assiette. Surtout que les préparations de Jean Spence relèvent d'une autre tradition que celle de l'industrie-minute. Son vieux livre de recettes s'inscrit dans le répertoire de ce que les gens aimaient manger et redécouvrent avec délices. À ce titre, l'histoire du boudin est exemplaire.

Un jour qu'il faisait son boudin et qu'il s'occupait à baigner la tripaille dans l'eau chaude, un des boyaux s'est mêlé d'éclater et de l'éclabousser à la grandeur et à l'humilité de sa personne. Ce fut une fois de trop. Sachant très bien que les anciens ne disposaient pas toujours d'enveloppes pour cette précieuse charcuterie, il décida de faire comme eux et de la cuire à la casserole. Déjà que son goût était réputé, ce fut une révélation dans la place :

– Du boudin carré comme nos grands-mères en faisaient !

C'est un peu comme les amateurs de musique ancienne qui entendent soudain leur musique sur des instruments d'époque.

La terrine de lapin au cassis et le foie de volaille au porto ont également le goût du temps où l'on prenait le temps de les faire et, en plus de veiller à l'allure de son commerce, Jean Spence se tape une trentaine d'heures de cuisine par semaine.

Ça le rajeunit peut-être, car il a encore son sourire, ses petits trous dans les joues et sa belle grosse face ronde qui avaient suscité la prophétie paternelle à l'aube de sa vie d'adulte :

« Il me semble que tu vas faire un bon boucher. »

16
Été

Chère vous !

L'histoire de notre vie en quelques mots, en quelques mois ?

Je suis entré à l'Office d'information et de publicité à titre d'agent d'information en mars 19… J'y ai bientôt été chef de pupitre à la section information. J'envoyais des agents aux conférences de presse, aux événements importants ; je recevais les communiqués, les corrigeais ou les faisais corriger et les expédiais.

Vous dites que vous étiez préposée à la revue de presse. C'est fort plausible, car vous étiez trop nouvelle pour aller couvrir des événements, sauf accompagnée et en observatrice.

Vous n'étiez pas au rez-de-chaussée, contrairement à ce que vous dites, car il était occupé par l'Office provincial du tourisme. L'étage était occupé par le volet publicité de l'Office et le volet information, nous, était au deuxième. C'était un grand rectangle et votre bureau était dans un des coins, juste devant la porte. Le mien était dans le coin opposé, de sorte que je voyais tout le monde.

Avant vous, il y avait une Élisabeth à votre bureau. Très gentille, elle s'ennuyait un peu et je l'avais invitée à Cap-aux-Oies un week-end, ce qui ne présentait aucun danger et qu'elle avait bien apprécié, mon épouse aussi. Je ne sais plus à quel bureau elle est passée quand vous êtes arrivée, mais à un certain moment il y eut trois Françaises dans la salle, Élisabeth, vous et une autre dont j'oublie le prénom.

J'ignore comment vous êtes arrivée là, mais je vous revois très bien. Vous étiez jolie, aimable et très posée. Nous avons dû nous parler à quelques reprises, j'en avais très envie, mais je ne m'en souviens pas. Je savais très bien que vous demeuriez rue Hamel, à deux minutes de chez moi rue des Remparts où je passais mes soirées seul… J'étais très réservé car j'étais ce qu'on appelle un célibataire de vacances, donc libre quatre soirs-semaine et je n'étais nullement «aventurier». Vous aviez sans doute envie de me parler aussi, car voici ce qui est arrivé.

Un ami à moi qui travaillait je ne sais plus où avait loué cette maison à l'île d'Orléans et n'arrêtait pas de m'y inviter, sans jamais manquer de s'inviter chez moi non plus, car il s'ennuyait avec sa femme, mais non avec la mienne. Ce gars-là m'ennuyait, me parasitait et la suite des événements me prouve que j'aurais bien dû l'envoyer paître. C'est une autre histoire que je vous raconterai un jour, peut-être.

Or il m'avait téléphoné en après-midi pour m'inviter à souper et j'avais enfin dit oui. Ça me pesait déjà d'avoir accepté et de devoir passer la soirée en tête-à-tête avec lui et son épouse. Il s'est présenté au bureau en fin d'après-midi et, histoire de laisser passer le gros de la circulation, nous sommes allés prendre une bière à une terrasse de la rue du Trésor, tout juste à côté. Tout à coup, vous êtes apparue dans la rue du Trésor, vous m'avez vu, vous n'avez fait ni une ni deux et vous êtes dirigée directement à notre table en demandant si vous pouviez nous accompagner. Je n'en étais que trop heureux et je me souviens très bien avoir dit : « Non seulement vous pouvez nous accompagner ici, mais vous pouvez également nous accompagner à l'île d'Orléans où nous passerons la soirée. N'est-ce pas, Gustave ? »

Il s'empressa d'acquiescer et vous de même.

Vous savez le reste. Votre présence a éliminé toutes les conversations que je ne voulais pas entendre et Gustave, qui a essayé de jouer de la guitare toute sa vie durant, nous a conduits sur la grève en grattant un peu de son instrument. Nous avons fait un feu, et je me suis mis à rêver.

Rêver à tout le plus profond de nous.

Le plus instantanément inutile.

Rhizome dans des vases riches en silice
De Rivière-Beaudette jusqu'à Blanc-Sablon
Et de Saint-Anicet jusqu'à l'Anse-au-Griffon
Il escorte le fleuve comme un vieux complice

Quand le soleil allonge les jours du solstice
Sa hampe croît aussi entourée d'éperons
Glauques pour afficher bien haut son pavillon
Pétales éployés aux tons bleus du lapis

Mais dès que l'Astre tombe dessous l'horizon
Autour des feux de joie qui sur le soir fleurissent
Les villages accourent pour danser en rond

Lorsqu'ils ont bien chanté bien fêté Jean-Batisse
L'emblème dans la nuit s'associe au patron
Et au matin sur le drapeau flotte l'Iris

L'iris est l'emblème d'ici, bleu de bonheur sur les grèves.

Je ne me souviens plus du reste et j'aurais donné cher pour vous rejoindre dans votre chambre, ce qui était impensable. Dans ma tête, vous étiez la belle Stéphanette du conte «Les Étoiles» dans *Les Lettres de mon moulin* de Daudet. «*Et par moments je me figurais qu'une de ces étoiles, la plus fine, la plus brillante, ayant perdu sa route, était venue se poser sur mon épaule pour dormir…*»

Gustave revenant travailler à Québec le lendemain, nous sommes rentrés avec lui et c'est tout.

Tout cela a dû se produire en août, car à la fin de ce mois j'étais muté au ministère des Institutions financières et je n'ai plus rien su de vous.

Enfin, je vous rappelle que, depuis douze ans, je travaille à l'occasion avec une collaboratrice à qui je racontais cette soirée lors d'une de nos multiples courses dans l'île cet été. C'est alors que j'ai voulu entrer en contact avec vous et j'ai voulu m'en ouvrir à ma nièce qui demeure à Paris. Mais je trouvais ça idiot et j'ai laissé tomber. Puis, début septembre, je me suis retrouvé avec cette collaboratrice pour un reportage sur un peintre et, en des circonstances dont je ne me souviens pas, j'ai encore évoqué ce souvenir qui me hantait.

– Mais comment elle s'appelle?

Je lui ai donné votre nom et ce lui fut un jeu de vous retrouver en quelques secondes sur Internet puis, à ma stupéfaction, de m'envoyer un courriel avec la mention: «Celle que tu cherches.»

Vous savez la suite et je vous embrasse encore en cette fin d'été.

Tant d'années plus tard.

17

Le Moulin de la jasette

Venue des hautes terres de l'île, la rivière du Moulin se cherche et se couleuvre de-ci de-là sur le dos de l'hippopotame jusqu'à son arrivée au sommet du cap qu'elle déboule avec un enthousiasme à tout casser, dans un dalot qu'elle s'est creusé pour elle toute seule au cours des siècles. Vers 1715 on y construisit un imposant moulin au pied de l'escarpement pour l'accueillir essoufflée au bout de sa course. La rivière a fait tourner la grande roue à aubes pendant quelques bons siècles, jusqu'à ce que l'électricité vienne sonner le glas de l'âge des moulins. Alors, la grande roue est disparue avec la bonne odeur de froment, de farine, et le beau grand moulin de Saint-Laurent est devenu une coquille vide.

Vide ? Il s'y trouvait tout de même deux cents personnes à table hier soir, car les cuisiniers y ont remplacé les meuniers depuis des lunes et des lunes.

Vide ? Non. Avec les histoires de son île, Élise Prémont le remplit d'une présence séculaire et c'est bonheur de l'entendre. Nous avions rendez-vous sur la terrasse, à l'étage, car les marmitons, serveuses et serveurs préparent la journée au rez-de-chaussée et il n'y a pas lieu de les déranger. Elle-même est fort occupée à effeuiller de grandes herbes pour en faire des gerbes de bouquets séchés.

– Encore un livre sur l'île d'Orléans ? Est-ce qu'il n'y en a pas assez comme ça ?

– …

Son ancêtre Jean Prémont était déjà là en 1689. Pas au moulin de Saint-Laurent. De l'autre côté plutôt, dans le regroupement paroissial que Mgr de Laval appelait tout bonnement « La Sainte-Famille » et qui est devenu la municipalité du même nom. Ledit Jean Prémont n'a pas passé sa vie à se croiser les jambes, car sa postérité est une des plus imposantes de l'île. Élise Prémont estime qu'environ une centaine de Prémont, hommes, femmes et enfants, habitent encore sur l'île et on ne compte plus ceux et celles qui ont essaimé dans le reste du continent.

L'île d'Orléans et le reste du continent ! C'est bien dit, car il suffit d'un rassemblement familial à l'île pour voir la parenté revenir de tous les Canada, de toutes les Floride et de toutes les Californie du monde. De tous les Texas aussi, car Charles Prémont y a fondé une ville à son nom au début du XXe siècle. Lors du rassemblement de 1979, Élise Prémont et les siens avaient divisé les visiteurs en trois catégories selon leur ascendance, les Roses, les Jaunes et les Verts, les trois arbres généalogiques étant exhibés dans un vaste caveau à légumes pour l'édification de tous.

Élise elle-même est la dix-neuvième enfant d'une famille de dix-neuf. Elle était dans le sein de sa mère que sa sœur aînée était également enceinte, ce qui ne se voit pas tous les jours.

– Ce que j'ai toujours trouvé dommage, c'est qu'elles ne s'en parlaient pas. À l'époque, on ne parlait tout simplement jamais de ça.

Parler !

Avec Élise Prémont, parler est une sorte de bénédiction, un cinéma où l'on voit les chevaux s'avancer dans la neige, la famille s'animer à la cabane à sucre pour recevoir les visiteurs, les Québécois accourir pour cueillir des fraises, les quêteux arrêter pour la nuit, un tableau où l'on voit l'île d'Orléans légendaire devenir aussi réelle que folklorique.

Elle a grandi au Relais des pins, dans la municipalité de Sainte-Famille, près de la rivière Pot au Beurre qui marque la frontière avec la municipalité de Saint-Pierre. Les pins sont disparus avec l'avènement du calcium sur la route et de nouvelles plantations sont à l'essai. Quant au relais, il est toujours là avec sa magnifique érablière dans la pente qui tombe en gradins vers le fleuve et les divers bâtiments qui accueillent les visiteurs au temps des sucres.

Elle parle et voici que son père apparaît, costaud de l'âme et du corps. Dans la neige fine de janvier, Ludovic revient du trécarré où il a bûché une partie de l'hiver. Maintenant, il faut rentrer le bois et il a attelé ses trois chevaux chacun à son traîneau. Pas question de multiplier inutilement les voyages. Intelligentes et dociles, ces bêtes se suivent sans même être attachées les unes aux autres et les voici qui sortent du bois, convoi paisible qui traverse les pacages et qui suit maintenant la lisière du verger, une banalité pour l'époque, banalité qui, aujourd'hui, ressemble à d'anciennes paix, d'anciens bonheurs disparus, remplacés par d'autres.

Entré à la maison, Ludovic salue Émile et Gaston Lemelin, de Saint-François, arrêtés pour bénir le pin, comme on dit. La maison ne porte pas pour rien le nom de relais. Elle est à mi-chemin des deux extrémités de l'île, dix-sept kilomètres de part et d'autre, et, l'hiver surtout, les voyageurs apprécient la halte, le petit gin qui réchauffe et la soupe aux pois d'Elmina qui a fort bonne réputation.

On ne laissera pas les chevaux au froid et au grand vent. Au chaud dans l'écurie, ils peuvent reprendre leur souffle et mâcher un picotin tandis que les maîtres font jasette.

Pour les nouvelles, il n'en manque jamais : Amanda Lessard a eu des jumeaux, Jos Lessard s'est cassé une jambe en tombant sur la glace, le curé Matte n'est pas bien et on parle de démission, les chemins sont impossibles sur la pointe Argentenay… par contre, le pont de glace est bien pris.

Le pont de glace, on s'y retrouve au tableau suivant car voici que Ludovic s'y engage avec ses chevaux pour aller vendre son bois au Petit-Pré. De Saint-Pierre à la côte de Beaupré, c'est l'endroit le plus resserré du chenal et on a pris soin de baliser le tracé le plus sûr. Rarement sécuritaire avant la fin de janvier, le pont vient mettre un terme à deux mois de rude isolement. Élise n'a rien connu de ça, mais combien de fois se l'est-elle fait raconter ! Plus de bateau depuis novembre. Deux mois à vivre de ses propres ressources et du troc avec les voisins, autant pour les vivres que pour les services essentiels. Deux mois à gruger ses provisions et sa patience. Deux mois à supporter les autres, également prisonniers de l'île, et à s'amuser avec eux si le cœur y est de part et d'autre. Il faut bien que le cœur y soit, car, veux veux pas, les grandes fêtes de fin et de début d'année se passent entre nés-natifs et il faut bien fêter.

Délivrance que ce pont de glace ! On y va prudemment, accompagné, de préférence, et justement, Ludovic, assis aux commandes du premier traîneau, est accompagné de ses deux autres chevaux, fidèles à leur maître et à leur charge.

Le pont de glace tiendra bon jusqu'au temps des sucres en mars et Ludovic l'empruntera souvent pour aller chercher les gaillards de L'Ange-Gardien et de Château-Richer qui viennent avec leurs blondes pour se sucrer le bec à l'île. Ce n'est pas que la côte de Beaupré manque d'érablières, mais le pont de glace c'est le pont de glace et une fois par année, ce n'est pas de trop. D'autant plus que, entre amis, loin des parents, des voisins, du curé ou du vicaire, on dirait que l'omelette au lard est meilleure, que le sirop, la tire, on dirait que tout est plus sucré.

La page tourne et voici Elmina en tête-à-tête avec Ludovic. Il y a de tout sur la ferme, des volailles, des moutons, des vaches, des chevaux, quelques cochons, mais tout cela n'aboutit vraiment qu'à une économie de subsistance. En mars, la cabane à sucre ajoute aux revenus, mais ensuite c'est le vide jusqu'au temps du maïs et des pommes. Il faut meubler ce creux et la solution viendra des fraises.

– Les fraises, Elmina ?

– Oui, les fraises ! Les Québécois n'arrêtent pas d'en manger. Ils viennent même les cueillir sur place. J'ai consulté Emma Roberge et Lucie Blouin qui en font. Les revenus sont excellents et la culture n'est pas difficile. Une affaire de femme.

L'affaire de femme amènera la prospérité et le tracteur alors que la famille Prémont inscrit son nom sur un des plus prestigieux étendards de l'île d'Orléans, « les fraises de l'île ».

Si les fraises et les tracteurs améliorent le destin de la famille, d'autres circonstances imparables viennent ternir la sérénité des familles. Sur l'île comme partout au pays, le fléau de la poliomyélite fait des ravages durant les années 1950. Trois des enfants Prémont en seront atteints, dont Élise, ce qui emmènera finalement Ludovic à réussir une percée dans l'histoire de l'éducation au Québec. Oh ! ce ne sera pas facile, mais l'école est loin de loin de la maison, la tête de Ludovic est dure et la cabale, quoique virulente, est finalement triomphante. L'île d'Orléans sera la première région à connaître l'autobus scolaire et les petits Prémont iront à l'école comme leurs petits voisins.

Au cours des ans, voici d'autres visiteurs à la ferme des Prémont, des visiteurs qui reviendront d'une saison, voire d'une lune à l'autre, sous les noms les plus divers, avec toujours la même intention, mais un discours qui se raffine, qui se gonfle avec les années.

– Votre terre est-elle à vendre ?

– Je ne crois pas.

– Je vous en offre $$ $$$.

L'année suivante :

– J'aimerais beaucoup acheter votre terre.

– Qui vous a dit qu'elle était à vendre ?

– Je vous en offre $$$ $$$.

Et ainsi de suite, alors que les $$$ $$$ ne cessent d'augmenter.

De toute sa vie, la réponse de Ludovic fut toujours la même :

– Si ça vaut ça pour toi, sais-tu, ça vaut ça pour moi aussi.

Aujourd'hui, c'est son fils Jean-Claude qui préside au Relais des pins.

Ça n'a pas été long avant que l'attitude de Ludovic n'inspire sa dix-neuvième enfant. Pour tout dire, Élise Prémont est à peu près traumatisée par la volatilisation du patrimoine orléanais. Félix Leclerc l'a tellement chantée en Europe que l'île d'Orléans attire les biens nantis dans un rêve paradisiaque et moyenâgeux où l'utopie est encore plus énorme que les comptes en banque. Quant aux Américains, ils n'ont eu qu'à venir à Québec par hasard, comme Horatio Walker il y a un siècle, pour voir que le trésor en était un vrai.

Vendre sa terre ou sa maison n'est jamais un problème à l'île. Bien loin de là. Le problème, c'est de la garder.

« À coups de sacrifices », dit Élise Prémont en riant, car le sacrifice n'a rien de la mortification pour elle. Le sacrifice consiste simplement à refuser l'argent pour continuer à jouir du plaisir de vivre dans un milieu incomparable, un milieu agricole, artistique et social comme il n'y en a pas d'autre au monde, la preuve étant que tous veulent l'acheter. Et quand ils l'achètent, forcément ils le détruisent, car « ils ne savent pas et ne peuvent pas vivre comme on vit à l'île ».

Raymond Létourneau, prêtre et écrivain, répète la même chose vingt fois dans sa conversation quand il parle de l'avenir de l'île :

– Il ne faut pas y penser ! Il ne faut pas y penser !

Penser à quoi ? À tout l'argent que pourraient faire ses neveux en vendant la magnifique ferme laitière qu'ils tiennent de leurs ancêtres et qu'ils améliorent d'année en année. On n'établit pas facilement la valeur de la terre elle-même, du troupeau, des quotas de lait et des installations ultramodernes, car l'incursion peut aller loin dans les sept chiffres.

Plus facile à établir est le nombre des heures de travail quotidiennes. Elles peuvent varier de quinze à dix-huit au temps des semences et des récoltes et, même en hiver, elles ne diminuent jamais jusqu'aux six heures et demie des bureaucrates. Il en va autrement chez les maraîchers dont le répit hivernal est plus prononcé.

– Mais c'est du travail plaisant à côté de ce que c'était, soutient Raymond Létourneau. On peut labourer en quelques heures une pièce qu'il fallait labourer en plusieurs jours, et même sous la pluie, avec la cabine de conduite amovible.

En écoutant Beethoven ou Céline Dion, si l'on veut.

Garder le patrimoine à tout prix, c'est le vœu des étranges autant que des nés-natifs, mais c'est aussi un équilibre fragile entre les initiatives déplorables de certains individus ou de certains organismes et les rigueurs outrancières de certains ministères, celui de l'Environnement, notamment. À l'île, on n'a pas besoin d'un permis pour respirer et c'est tout juste.

Cet équilibre est un exercice quotidien, fort lassant à la longue.

– Pensez-vous que je suis tannée d'être normée comme si le gros bon sens n'avait plus sa place nulle part ? Pensez-vous que je suis écœurée ? demande Élise Prémont dans un immense éclat de rire.

– Madame, vous vous demandiez pourquoi un autre livre sur l'île d'Orléans. Ce que vous racontez là, l'avez-vous déjà lu quelque part ?

18

Sénèque

Juin éclate de fleurs, de parfums, de chants d'oiseaux et Sénèque reçoit sur la galerie où il lisait une biographie de Jacques Parizeau en écoutant la musique d'une radio qui zinzinule du Sibelius, du Tchaïkovski et quelques autres je-ne-sais-quoi des plus convenables.

La maison est là-haut, à un kilomètre du chemin Royal, au bout d'une allée qui remonte la vallée encaissée de la rivière Maheu à distance appropriée, en respectant ses caprices, et qui fait son affaire à travers les champs, au contour des pommiers et le long du potager tout fleuri des longs épis crème de la rhubarbe, immobiles, triomphants au-dessus des larges feuilles agitées par la brise, tout fleuri des caboches mauves de la ciboulette, parmi quelques asperges qui n'en peuvent plus d'être cueillies, des radis à la feuille encore chétive et d'autres verdures qui s'aventurent bravement à la face du soleil en cet après-midi glorieux de toutes les largesses du ciel, de la terre et de l'homme.

Ce n'est pas que Sénèque aime ou déteste Jacques Parizeau, mais il était curieux de lire ce qu'on dit de lui et de vérifier les menteries de Zonzon à son endroit quand elle commente son comportement, du temps qu'il était délégué général du Québec à Paris.

On a beau être Sénèque, on n'abandonne pas son passé à une pompompadour sans y regarder de près.

Et pourtant, il est loin de tout ça sous les lilas qui nous embaument, les oiseaux-mouches qui vrombissent autour des abreuvoirs en nous offrant le rubis de leur gorge, les orioles qui sifflent de bonheur dans les grands peupliers hybrides japonais et le printemps, le printemps qui pousse, qui pousse encore très fort pour s'assurer de bientôt rejoindre l'été.

Voici maintenant que Socrate, un labrador blond, gratte à la porte pour rencontrer l'étranger. Comme tous ceux de sa race, et en bon philosophe, il fait une inspection sommaire en fourrant son nez partout puis, sans doute ennuyé par la conversation, il demande à rentrer.

– Êtes-vous un terrien au départ ?

– Pas du tout. Rue Fullum à Montréal, entre Hochelaga et Rouen. Très à l'est, très ouvrier, très béton.

Il a fait ses études en droit à l'Université de Montréal et un doctorat à Paris en droit international. De retour au pays, son doyen l'a prêté pour un temps au doyen de l'Université Laval et il n'a plus jamais quitté Québec, sauf pour Paris, Strasbourg et autres semblables banlieues de l'île d'Orléans où il a acheté cette ferme « par hasard », il y a une trentaine d'années, une terre de 3 arpents sur 55, une allumette posée de travers sur le dos de l'hippopotame, une terre de patates et de jachère en alternance, une terre de verger et de forêt en permanence.

– Vous ne faites pas ça tout seul ?

– Vous pensez bien que non. J'étais professeur d'université et fonctionnaire. Il aurait fallu que je m'équipe et il aurait surtout fallu que je connaisse ça, d'abord. C'est de la cogestion. L'idée m'en est venue après une brève tentative d'autonomie. Avec un jeune Français, on s'était parti un clapier. J'ai fait partie d'une coopérative d'éleveurs de lapins, et au bout de deux, trois ans on s'est aperçus qu'on n'irait pas loin avec ça. Marc s'est plutôt acheté un petit lopin à Saint-Jean et s'est lancé dans les abeilles. C'est ça qui l'intéressait, au fond. Il avait la piqûre.

« Ensuite, j'ai eu la visite d'un bonhomme qui voulait aider son jeune fils à s'établir et qui avait de l'équipement, d'où l'idée d'une cogestion. Une partie de la production devait servir à refaire la terre et, en une vingtaine d'années, on l'a toute remontée.

« J'ai quitté ce partenaire il y a deux ans. Nous étions ensemble depuis vingt-cinq ans. Monsieur était devenu un homme d'affaires. Il possède maintenant plusieurs terres et je pense qu'il avait l'impression de posséder la mienne, alors j'ai mis un terme à cette association, ce qui l'a fort peiné car il m'a dit :

« – Je vous considérais comme un père.

« Si j'avais été ton père, que je lui ai répondu, ça fait quatre ou cinq ans déjà que je t'aurais mis mon pied au cul pour te montrer que tu ne ressembles plus au gars que t'étais quand tu avais vingt ans. T'es devenu arrogant, baveux. Tes voisins ne veulent plus négocier avec toi. Regarde ce que t'es devenu. T'as ben des tracteurs, ben de la machinerie, ben des terres ; tes affaires vont bien, mais y a pas rien que ça dans la vie. »

Sénèque cultive des glaïeuls, aussi. Chaque année, il en plante entre deux et trois mille – il ne peut pas trop bien savoir, car il ne les compte certainement pas – dans le petit jardin derrière la grange. Il a justement terminé hier. Une rotation de quelques semaines qui lui permet d'avoir des fleurs jusqu'en septembre.

– Vous les écoulez sur les marchés de Québec ?

– Non, je les donne. Vous ne pouvez pas savoir combien les gens aiment ça recevoir des glaïeuls. J'en apportais à l'ÉNAP quand j'y donnais des cours. Quand mon fils s'est marié, il a décidé de faire ça à la paroisse de Saint-Jean, alors, on lui a décoré l'église…

Mais Sénèque a la vie champêtre plutôt discrète. Un jour, pour bien montrer son intégration au milieu sans doute, il a participé à un concours d'aménagement floral et y a gagné un prix. Il ignorait une des conditions de sa participation, le droit de visite. Il s'y est plié, sans jamais plus participer au concours.

Dans sa thébaïde agreste et fleurie, il accepte parfois de recevoir quelque vagabond à l'occasion, qu'il s'appelle François Mitterrand, Jacques Delors ou Jean O'Neil. Il a quand même des réserves vis-à-vis d'eux. Il préfère tellement les paysans, ses voisins, des terriens depuis leurs toutes premières racines, goguenards et respectueux, insoumis et disciplinés, traditionnalistes et novateurs. Évidemment, il les préfère surtout quand ils sont conteurs.

– Mon ancienne propriétaire ! Si je lui posais des questions, je pouvais m'attendre à tout parce que les réponses pouvaient m'amener à une longue digression pour m'expliquer comment telle ou telle affaire est arrivée. Est-ce que c'est vrai ? Est-ce que ce n'est pas vrai ? Ça n'a aucune espèce d'importance, mais c'est plein de belles histoires. Moi, je trouve ça merveilleux, j'adore ça. L'histoire de l'île, bien sûr, on peut la trouver dans des volumes, mais c'est une île dans laquelle il y a des histoires, et ça, il n'y a que les nés-natifs pour vous les raconter.

«– C'est-y vrai, madame Lapointe, que le bonhomme X est mort gelé en traversant les coteaux pendant un hiver ?

«– Qui c'est qui t'a conté ça ? Le bonhomme, y est pas mort gelé. Comme d'habitude il était saoul et comme d'habitude, quand y est arrivé sur les coteaux, y s'est levé de son banc pour pisser en bas de la charrette. Les chevaux ont donné un coup. Y est tombé pis y s'est assommé. Les chevaux ont continué et se sont rendus à l'écurie. On a retrouvé le bonhomme gelé, c'est vrai, mais y s'est gelé parce qu'y s'est assommé et y s'est assommé parce qu'y était saoul.

« Vous voyez, tout est dans la façon de voir et de raconter les choses.

« J'entends parler d'un gars qu'on appelait Madrier Lachance, le frère de mon ancienne propriétaire. Je lui demande pourquoi il s'appelait Madrier et je vois bien qu'elle veut pas me répondre, mais pas une sacrée miette. Alors je demande à mon voisin qui me dit :

«– À la rivière Lafleur, y avait un pont à réparer et la Voirie avait apporté les matériaux nécessaires le vendredi après-midi pour que les travaux commencent le lundi matin. Dans la nuit de vendredi à samedi, son frère était allé prendre des madriers et les avait apportés chez lui. Samedi matin, y a des gens qui s'en sont aperçus. Or le curé, en chaire dimanche matin, a ordonné sous peine d'excommunication que l'auteur du vol rapporte les madriers à leur place avant minuit dimanche au soir. Évidemment, tout le village de Saint-Jean était dans les fenêtres pour guetter qui c'est qui allait passer pour ramener les madriers. Pis y a un monsieur qui est passé. Y est allé porter les madriers pis y est retourné chez eux. Personne a dit un mot, mais depuis ce temps-là y s'est appelé Madrier Lachance. »

Sénèque rit aux éclats.

– Je trouve ça suave ! J'entends plein d'histoires comme ça, plus ou moins croustillantes, plus ou moins intéressantes.

Dans une municipalité de l'île où la production maraîchère est traditionnellement consacrée à la pomme de terre et au poireau, il est toute admiration pour son voisin.

– Ce jeune homme dans le début de la quarantaine habite la même maison que ses ancêtres, construite il y a trois siècles. Autour de moi, il y a souvent ce mélange de gens très ancrés dans le passé, dans le prolongement des familles ancestrales, mais qui peuvent être très révolutionnaires dans la gestion agricole, qui n'hésitent pas à se spécialiser dans des cultures non conservatrices. Il ne fait pas de fraises, pas de poireaux, pas de patates. Lui, il s'est lancé dans les oignons et les asperges, alors que ce ne sont pas des cultures très recherchées à l'île.

«Je trouve que c'est amusant, cette passion pour ses racines, mais en même temps cette ouverture à la mise en marché moderne, à une agriculture de pointe.»

– Surtout quand on parle asperges.

– Ce sont des gens fantastiques. Le petit Gaétan, moi, je le vois souvent. Il est jeune, mais il est ouvert. Il y a toutes sortes de monde comme ça. Vous allez trouver mon autre voisin, à gauche. Ça fait pas trois siècles que sa famille est là, mais ça fait un bon bout de temps. Lui, c'est un passionné de lecture. J'ai eu des discussions avec lui qui feraient rougir des professeurs d'université parce qu'il connaît des tas de choses. Sa grand-mère, enseignante, était responsable de la bibliothèque à l'école de Saint-Jean, et la bibliothèque, ça tenait dans les tiroirs de la commode chez elle. Il les a tous lus, bien sûr.

«Y a un vieux bonhomme qui demeure à un kilomètre d'ici. Il a autour de quatre-vingts, quatre-vingt-cinq ans. Je l'ai rencontré il y a quelques années parce que je voulais m'acheter une charrette en bois pour mettre derrière mon tracteur quand je vais couper du bois. La mienne s'était défuntisée et lui en avait une à vendre. Je m'arrête et je lui demande combien il vend ça et puis on parle. On en vient à parler de son frère, mort deux ans plus tôt. Ils étaient pas mal associés. Il me raconte comme ça, doucement, que quand ils étaient jeunes ils ne s'étaient pas mariés. Ils ont cultivé, ils ont acheté des terres, puis, à un moment donné, ils ont tout vendu. Son frère, qui avait des terrains au bord de l'eau, a vendu ça aussi. Un terrain au bord de l'eau, ici, c'est trois cent mille dollars. C'est pas donné. Quand je dis trois cent mille, c'est parce qu'il est pas grand. Plus grand que ça, c'est quatre ou cinq cent mille dollars.

« Donc il me racontait. La charrette, si je la voulais, il me la laissait pour 125 $, et il continuait que justement, la veille, il avait enfin réglé la donation de son frère à un hôpital, je ne sais plus lequel, un hôpital à qui il donnait un million pour la recherche. Dans son testament, son frère avait décidé de donner un million. Il me racontait ça, lui un cultivateur, habillé comme je suis habillé quand je travaille dehors. Pis il racontait pas ça pour me jeter de la poudre aux yeux, juste pour essayer de faire un bilan rapide d'une vie passée à travailler la terre dans le bas de Saint-Jean. »

Les oiseaux-mouches ne lâchent pas et l'oriole n'arrête pas de s'égosiller.

– Les femmes en visite ici aiment bien ça. Elles s'imaginent que quelqu'un siffle après elles.

Madame revient de son travail et va se stationner derrière la maison par où elle entre. Il entre par devant pour aller la saluer et il me semble, mais je n'en suis pas sûr, il me semble avoir entendu le mot « trésor ». Bientôt elle apparaît à la porte de la galerie et me demande :

– Apprenez-vous beaucoup de choses ?

Sourire.

– Vous avez été délégué du Québec à Paris de quand à quand ?

– De 90 à 93.

– J'ai cherché sur Internet mais la page est disparue.

– J'en suis fort aise.

Nous revenons au livre de Pierre Deschesne qu'il a renversé sur le guéridon.

– Je trouve ça amusant les gens qui témoignent d'événements qu'ils n'ont pas vécus. Je devais accompagner Parizeau à l'Élysée, comme il se doit, et il m'avait manifesté le désir d'avoir des moments en tête-à-tête avec Mitterrand. Après les présentations, j'ai dit la chose au président, je me suis retiré dans l'antichambre et nous sommes ensuite sortis ensemble par le grand escalier. Dans le livre, Zonzon dit qu'elle a dû intervenir auprès du ministre des Affaires étrangères, Rolland Dumas, pour que je fiche la paix à Parizeau. Voyons donc ! Il y a aussi Parizeau qui nous parle abondamment de sa rencontre avec Paul Desmarais, mais on ne nous donne pas la version de Desmarais…

– Vous suivez encore ça de très près ?

– Moins. Mais je garde toujours un certain intérêt. Il y a des choses…

Quand on a été vice-recteur exécutif à l'Université Laval, directeur de la recherche au ministère de la Justice, sous-ministre adjoint aux Affaires intergouvernementales, délégué général du Québec à Paris, délégué au Conseil de l'Europe à Strasbourg, président de la Régie des télécommunications, professeur à l'ÉNAP, il y a des choses…

Mais quand Néron est revenu au pouvoir en 1993, il n'a pas ordonné à Sénèque de se suicider. C'est toujours ça…

– Vous écrivez ?

– Un peu, mais je ne publie pas. Oh ! Regardez le beau pic.

Tout simplement magnifique.

– Vous allez souvent à Québec ?

– Presque jamais. Un petit tour une fois par saison pour voir les gens que je connais.

– Les courses ?

– On trouve de tout à Beauport, de l'autre côté du pont.

– Vous êtes loin de la route principale. Comment vivez-vous l'hiver ?

– J'ai planté beaucoup d'arbres en coupe-vent et puis on gratte, on souffle. J'en fais un bout et un voisin mieux équipé fait le reste. On en vient à vivre avec l'hiver aussi. On connaît ses forces et ses faiblesses.

L'après-midi s'étire merveilleusement et bientôt Sénèque m'invite à visiter les abords immédiats de la maison, le potager, le jardin des glaïeuls derrière la grange, l'étang, plus loin, où, en bon C.R.S., un colvert arpente la surface tandis que sa compagne couve dans les roseaux.

Madame, qui nous précède, inspecte le talus étoilé de fraisiers sauvages en fleurs.

– Tu ne viendras pas tondre ici…

Nous sommes maintenant devant les champs qui courent jusqu'à la forêt, au trécarré de l'île. En jachère de belle verdure à droite, en patates encore souterraines à gauche. Il me raconte longuement l'histoire de ses travaux, épierrage, nivelage, assolement…

De retour vers la maison, vers l'auto, vers le départ, nous repassons devant le jardin des glaïeuls.

– Est-ce que je pourrais revenir pour les voir en fleurs ?

– Vous pourrez toujours.

19

Solange

La terre de Sénèque, Solange y a vécu son enfance et en parle encore avec ravissement.

La cinquantaine pimpante, toute rieuse devant le pique-nique sur son patio dans la douillette banlieue de Boucherville, elle raconte et s'émerveille encore.

– J'ai été choyée d'avoir une enfance aussi heureuse, excessivement heureuse.

Le croira qui voudra, un oiseau siffle sans relâche, dans les pommiers japonais cette fois.

Le même oriole.

Je crois qu'il me suit.

Solange a été secrétaire à la direction régionale de l'Éducation à Longueuil pendant vingt-cinq ans. Toujours de bonne humeur. Toujours envie de rire. Fine avec tout un chacun. À l'occasion, elle parlait de l'île, surtout dans le temps des fraises, me semble, mais sans jamais brailler sur un passé perdu. Et le plaisir que nous avons eu ensemble dans le comité des loisirs que nous animions pour le personnel ! C'était il y a plus de vingt ans et jamais au grand jamais je n'aurais cru revenir vers elle pour entendre parler de l'île, sauf que le hasard…

La journée est radieuse et Solange aussi. Prévenue d'avance, elle a pris quelques notes et en tête de liste viennent les déplacements pour l'école. Le kilomètre qui sépare la maison du chemin Royal où l'autobus scolaire venait les cueillir, il fallait le marcher matin, midi et soir, printemps, automne, hiver. L'été, au plus beau de l'année, quand c'eût été si simple, par bonheur il n'y avait pas d'école.

– En hiver, mon père attelait Finette, la jument blanche. Il venait nous reconduire et venait nous chercher à la route où nous avions un garage. Le midi, quand c'était venteux, froid et qu'il fallait se battre contre la poudrerie, il nous apportait notre dîner dans le garage. On descendait de l'autobus, on mangeait et on attendait que l'autobus nous reprenne. S'il n'était pas là après l'école, c'est qu'il faisait assez beau pour qu'on remonte à pied à la maison.

Nous sommes au début des années 1960.

– Es-tu entré dans la maison ? C'était immense. Six chambres à coucher et une toilette à l'étage. Au rez-de-chaussée, une grande cuisine, un petit salon, une toilette et la chambre de mes parents. Pour chauffer tout ça, un gros poêle à bois et un tuyau qui se promenait dans la maison. À l'étage, c'était pas chaud l'hiver. Les filles, on se collait dans les lits sous des épaisseurs de catalogne. Mon père se levait toutes les nuits pour chauffer le poêle et, au matin, on se ramassait tout autour pour commencer la journée.

Les souvenirs pleuvent. Ce sont souvent des lieux communs de toutes les familles de l'île à l'époque, celles qui vivaient sur les terres, bien sûr. On y vivait de la production agricole, en partie consommée sur place, en partie vendue sur les marchés de Québec. Pour les résidents qui travaillaient à la ville, c'était autre chose.

Chez Solange, une douzaine de vaches fournissaient la viande et le lait ; les poules fournissaient la viande et les œufs ; le porc fournissait la viande et le lard.

– On n'a jamais manqué de rien, rien, rien. Tout ce qui nous manquait, c'était de l'argent, mais on ne s'en apercevait pas à la maison.

La famille, un garçon, quatre filles et un autre garçon, vivait dans une autonomie quasi totale, mais sans la moindre extravagance. Les revenus provenaient du lait, de la crème. Les cultures commerciales se limitaient aux fraises et aux pommes de terre. Ailleurs, les pommes et les poireaux étaient quasiment incrustés dans le blason des paroisses, Sainte-Famille et Saint-François, respectivement.

– Les fraises, c'était quelque chose ! Fallait engager du monde pour les cueillir. Des familles entières plus pauvres que nous autres qui venaient de Saint-Tite-des-Caps et de Saint-Férréol-les-Neiges. Elles campaient dans de grandes tentes au bord de la rivière en haut de la terre, sans déranger personne. Ça durait bien trois semaines. Mes cousins aussi venaient cueillir des fraises. Un matin, ils étaient arrivés avec des pancartes pour faire la grève. Ils réclamaient une cenne de plus le casseau. On avait bien ri. Ma mère la leur avait donnée.

« Ma mère faisait les meilleures confitures aux fraises que j'aie jamais mangées. »

Cette mère, qui vit toujours, était une cuisinière émérite qui semblait n'avoir d'égale nulle part. Un talent dont Solange a hérité, sollicitée qu'elle est pour aller cuisiner ici et là au hasard des fêtes de famille. Sa sœur Pauline, céramiste, a confirmé son talent en lui faisant des porte-cure-dents identifiés « La bouffe à Sol ».

– Ma mère était trop occupée pour toujours aller à la messe du dimanche, mais le dîner qui nous attendait en hiver quand on en revenait ! Du rosbif ou de la dinde avec des patates pilées, de la sauce...

« Ah ! puis le boudin. Ma mère faisait le meilleur boudin du monde. »

– As-tu goûté à celui de Jean Spence ?

– Oui, mais celui de ma mère était meilleur. Elle va emporter sa recette avec elle parce que plus personne en fait dans la famille. Faut avoir du sang de cochon, et pour ça, faut avoir des cochons. On mangeait de l'anguille, aussi. Un pur délice. Mon père avait un port de pêche.

– Un port de pêche ?

– Oui, un grand filet étendu dans l'eau entre des perches. On appelait ça un port de pêche. Il prenait de l'anguille et de l'éperlan. Ma mère gardait l'anguille en tronçons dans des jarres d'eau salée. Eh ! que j'en ai mangé et que j'aimais ça. C'est curieux, hein, mais j'en mangerais pus. J'ai dédain de l'anguille.

– Et l'éperlan ?

– Ça c'était bon. On en mangeait beaucoup. Enlever les arêtes, c'était long, mais ensuite on mangeait ça comme des frites. C'était succulent.

« Le samedi soir, il y avait toujours des frites. Toujours ! »

– Pas de chasse ?

– Chez nous on ne chassait pas. Mes cousins de Saint-François, eux ils chassaient. Des fois on mangeait de l'oie, du canard.

– Et les pâtisseries ?

– Ma mère faisait des tartes, bien sûr. Les tartes au sucre ! Et des brioches, des croquignoles, des beignes ! Ah ! Mon Dieu. Pour les beignes, ma mère jetait un trente-sous dans le fond de la casserole...

– Un quoi ?

– Un trente-sous, pour pas que l'huile déborde et que les beignes brûlent. Tu l'essaieras, ça marche.

« On vendait du lait et on ne mangeait pas de beurre parce qu'on vendait aussi de la crème. Mais l'hiver, mon père faisait de la crème glacée dans la neige. Je pourrais te trouver la recette si tu veux. Imagine, on achetait une boîte de cent cornets et on mangeait de la crème glacée tout l'hiver tandis que le monde mange ça en été. C'était bon, mais bon ! »

– Vous vendiez des œufs ?

– Non, on les mangeait.

« Du premier radis à la dernière citrouille, le potager était une fête saisonnière qui se prolongeait par la mise en conserve. On ne souffrait donc jamais de la faim, mais les revenus suffisaient tout juste pour acquérir les autres nécessités premières, dans le vêtement surtout.

« Ma mère faisait presque tous nos vêtements et on se les passait d'un enfant à l'autre à mesure qu'on grandissait. J'étais la quatrième et dernière des filles, alors j'héritais de tous les vêtements de mes sœurs. Un manteau, quand on le jetait, il était plutôt usé. »

Une autre nécessité première de l'époque, c'était le cheval.

– Notre terre partait du trécarré, à la paroisse Sainte-Famille, et descendait jusqu'au bord du fleuve, de l'autre côté du chemin Royal. La pointe entre le chemin Royal et le fleuve, tu imagines ce que ça pourrait valoir aujourd'hui ? Dans le temps, mon père a été obligé de la vendre pour s'acheter un cheval. Trois cents piastres. Trois cents piastres, tu imagines ?

Minimum trois cent mille aujourd'hui, quarante ans plus tard.

– La religion ?

– La prière en famille tous les soirs avec le monseigneur à la radio. Monseigneur qui, donc ?

– Le cardinal Léger ?

– C'est ça. À sept heures, on tassait la table, on se mettait à genoux devant une image sur le mur et c'était le chapelet jusqu'à sept heures et quart.

« On faisait notre première communion, la communion solennelle. Il y avait la Fête-Dieu, aussi. On partait en procession de l'église jusqu'à la petite chapelle au bout du village et là, on se mettait à genoux avec nos bas blancs dans la garnotte. J'te dis que les bas, en revenant…

« À la Sainte-Anne, il y avait toujours quelqu'un qui nous emmenait en pèlerinage à Sainte-Anne-de-Beaupré. En auto, en camion… »

– Que faisiez-vous à Noël ?

– Il y avait le sapin, la crèche. Dans le sapin, on mettait des vrais chandelles, on les allumait tout juste quelques minutes chaque soir et on s'émerveillait.

– Aviez-vous des cadeaux ?

– Des cadeaux ? Des cadeaux… Je ne me souviens pas. Je pense que non.

– Bon, les jeux maintenant ?

– As-tu vu le « gully » qui descend vers la rivière en bas de la maison ? Ils ont planté plein d'arbres, mais dans mon temps il n'y en avait pas. T'aurais dû voir les méchantes glissades qu'on prenait là-dedans. Sur des cartons. Du matin jusqu'au soir. Pour remonter, on s'était taillé un escalier dans la neige.

– Le patin ?

– Oui, on patinait sur le petit lac en arrière de la maison. À tour de rôle parce qu'on avait une paire de patins pour la famille. C'est comme pour la bicyclette. On en avait une pour tout le monde.

– Jouiez-vous aux cartes ?

– Jouer aux cartes ! On joue encore. Tu devrais voir ça au jour de l'An chez Pauline. On débarrasse la table et on joue aux cartes.

– Vous êtes nombreux ?

– Si tout le monde était là, on serait une trentaine, mais il en manque toujours quelques-uns.

– Vous jouiez à quoi ?

– Au charlemagne. Ça ressemble au 500.

– Est-ce que tout le monde jouait ?

– Tout le monde. Ma mère, mon père. Fallait faire attention à mon père. Il était mauvais perdant.

« On jouait à un autre jeu aussi, le parchési. C'est un jeu que mon père avait dessiné sur une toile, avec un stylo. On jouait ça avec des boutons. Ça se jouait à quatre et je te dis qu'il y en avait toujours d'autres debout en arrière pour prendre la relève. »

– Et l'été ?

– L'été, on pouvait se baigner dans le petit lac, mais on était toujours occupé à quelque chose, les fraises, les foins. Ah ! les foins. Sauter sur le foin dans la charrette, qu'est-ce que tu veux que je te dise, c'était le bonheur total.

« Et puis on avait un oncle qui nous emmenait à la plage Germain du lac Saint-Joseph dans son camion. Tout le monde embarqué dans la boîte en arrière. Le fun qu'on avait ! Et le pique-nique ! Des sandwichs aux œufs avec de l'orangeade. Tu sais, l'été, je mange encore des sandwichs aux œufs avec de l'orangeade. J'adore ça. »

– Et tu as commencé à travailler quand ?

– À dix-sept ans. À l'école secondaire, j'avais pris l'option secrétariat. Je ne voulais pas faire de longues études. J'avais hâte de tomber sur le marché du travail et de gagner des sous. Les gens de la Fonction publique venaient à l'école pour nous encourager et nous dire qu'ils avaient besoin de nous. À dix-sept ans, j'entrais au ministère de la Voirie à Québec. Trois ans plus tard, je demandais une mutation pour Montréal, une ville que j'avais connue par une visite à Expo 67. Le ministère de la Voirie était devenu le ministère des Transports. C'est là que j'ai connu Jacques. Puis, je suis passée à la protection du territoire agricole et c'était plate. J'ai mis mon nom dans une banque de mutation en me disant : « Le premier qui m'appelle, j'y vas. » C'est comme ça que j'ai abouti à Longueuil où l'on s'est connu.

– Et l'île, elle te manque ?

– Non. J'ai pas pleuré en quittant l'île, mais je passe mon temps à y retourner. J'ai bien des amis, des connaissances, ma sœur Pauline, mon frère Richard – tu devrais aller voir Richard, il élève des chiens sur la route des Prêtres – et j'y retourne à tout moment, pour le temps des fraises, pour jouer au golf. Es-tu allé jouer au golf à Sainte-Pétronille ? Le plus vieux golf au Canada. Et à Saint-Laurent. C'est beau, le golf, à Saint-Laurent. Tu vois toute l'île, le fleuve.

« Mon corps est ici ; mon âme est toujours là. Je n'irais pas y rester. C'est trop loin pour aller m'établir là. Et puis, il y a trop de commodités auxquelles on est habitué ici. Et les conditions climatiques de l'hiver là-bas, je trouve ça trop dur.

« Quand je pense à tout le monde que j'ai rencontré et qui m'ont parlé de leur enfance, moi, tu sais, j'ai été choyée d'avoir une enfance comme ça. »

L'interview se termine sur une mousse aux fraises avec de minces tranches de quatre-quarts et quelques souvenirs de bureau.

L'oriole siffle toujours.

20

La route des Prêtres

Elle va de Saint-Pierre à Saint-Laurent sous les érables, que c'est une beauté de voir ça, au printemps pour le sucrage qui s'organise sur ses bords ; l'été pour la canopée ombreuse qui l'escorte dans sa meilleure part ; l'automne pour le kaléidoscope des couleurs et l'hiver pour les lacis de tous ces branchages qui semblent former les entretoises du ciel.

Son nom lui vient d'une vieille histoire mille fois racontée, une chicane de reliques, à preuve que l'homme ne vit pas sans chicanes, si futiles ou si saintes soient-elles. Sauf qu'une chicane de reliques n'est pas futile, ô grand Dieu non ! C'était une sainte chicane, comme les croisades de jadis. On se la passe encore dans les livres. Dans les chaumières, c'est moins certain.

L'île s'est appelée île Saint-Laurent pendant quelque temps avant de retrouver son nom d'Orléans. Or, quand elle a retrouvé son nom, il y avait déjà cinq paroisses sur son territoire : Sainte-Famille, Saint-Pierre, Saint-François, Saint-Jean et Saint-Paul. Sainte-Pétronille n'était pas encore née. Mais on ne pouvait pas abandonner comme ça le vocable de Saint-Laurent au bord du grand fleuve éponyme. Alors on pria saint Paul d'aller crécher avec son ami Pierre du côté nord de l'île pour céder la place à Laurent, et ce qui fut dit fut fait.

Or, il y avait dans l'église de Saint-Paul une relique fort précieuse, un morceau du bras du saint en question. Il arriva donc que le curé de Saint-Pierre avança, non sans une certaine logique, que si on lui confiait saint Paul il fallait également lui confier le fragment d'os de son bras, en échange de quoi il enverrait à la nouvelle paroisse de Saint-Laurent des reliques de saint Clément, dont il n'avait que faire, et ce qui fut dit fut encore fait. Sauf qu'un paroissien de Saint-Laurent ne prisa point l'échange et s'en fut à Saint-Pierre par une nuit sans lune pour remettre les reliques de saint Clément, voler celle de saint Paul et la ramener dans sa paroisse.

Grand émoi dans le poulailler, grand débat ecclésiastique et social, mandement épiscopal enfin, et grandes processions parties des deux paroisses pour une rencontre solennelle au trécarré de l'île où les deux curés échangèrent fraternellement les reliques.

Sous la paix des érables, une croix commémore la cérémonie de clôture de la chicane et une pierre commémore la rencontre amicale des résidents des deux municipalités, en 1948, pour célébrer le 250e anniversaire de la fin du conflit.

***

L'été dernier, chose rare, me semble, la route quittait Saint-Pierre avec un beau grand champ de brocolis à sa gauche. Ce n'est pas rare, un champ de brocolis ? En tout cas, c'est fort beau avec ces feuilles grasses et luisantes perlées de rosée au petit matin, avant que le soleil n'ait survolé les érablières du centre de l'île.

Il y a aussi quelques vergers le long de la route, puisque nous sommes à l'île et que la pomme y est à l'automne ce que le sirop d'érable y est au printemps.

Mais il y a surtout des érables, tellement d'érables que cela fascina finalement un éminent botaniste qui s'y connaissait très bien : il était conservateur de l'herbier Louis-Marie à l'Université Laval. On le cherchait depuis trois jours quand on l'y retrouva pendu par un beau matin du mois d'août. Les journaux furent discrets et parlèrent d'une vague de suicides attribuable à la canicule. Les gens se jetaient en bas des ponts, disait-on. S'il avait deviné le tribut d'éloges que ses confrères du pays tout entier allaient lui rendre, le brave homme aurait peut-être retardé la chose.

***

Un peu plus loin, impossible de manquer le Richard de Solange puisqu'une affiche parle de chiots à vendre.

– C'est Solange qui m'envoie.

– J'connais-t'y une Solange, moi ?

Quand Dieu créa le calme, il le confia tout entier à Richard.

– Il a des yeux bons, dira Janouk.

Aujourd'hui, il fabrique une douche extérieure pour ses invités de la fin de semaine prochaine. Ils seront nombreux, car ce sont ses guides d'hiver à l'Estérel.

Comment ça, l'Estérel ?

Bon, commençons par le commencement.

Richard avait seize ans quand son père vendit la ferme à Sénèque. Le jeune homme fit ceci, cela et autre chose encore, quand l'envie lui prit d'élever des malamutes. Mais où élever des malamutes loin des voisins qui n'en veulent pas sans aller s'isoler hors civilisation au tréfonds des forêts ?

Mais à l'île d'Orléans, voyons !

Sur la route des Prêtres, il n'y a pas un chat.

Bon endroit pour les chiens, non ?

Notre entrepreneur s'y acheta donc un bon morceau de boisé avec une parcelle de clairière, y construisit lui-même sa maison où il vit avec Hélène, une sorte de fée qui sculpte le bois, cultive les asperges et tresse l'osier pour en faire des clôtures vivantes, avec un chat, un coq, quelques faisans, quelques truites qui barbotent dans un étang qu'il a creusé lui-même, avec deux chevaux canadiens et cent cinquante malamutes.

Élever des malamutes à l'île d'Orléans, c'est déjà un accroc à la culture traditionnelle qui n'admettait que les vaches, les chevaux, les moutons, les porcs et les volailles, mais Richard n'est pas le seul délinquant. À l'autre bout de l'île, un autre dévoyé fait l'élevage du bison sur une ferme de Saint-François.

Et cette douche, alors ?

Oui, Richard ne passe que trois saisons à l'île. Dès que l'hiver se pointe le bout du nez, toute la famille déménage à l'Estérel, au bord du lac Dupuis, dans les Laurentides au nord de Montréal. Toute la famille y compris le coq, les faisans, les chevaux et les cent cinquante malamutes. Les truites restent à l'île parce qu'elles voyagent très mal en camion et le chat aussi, sous l'égide d'un beau-frère, pour monter la garde contre la gent trotte-menu.

À l'Estérel, on fait du « ski doux » tant qu'il y a de la neige, des randonnées en traîneaux à chiens pour touristes adultes et consentants, avec des « mushers » accomplis qui parlent couramment le malamute. Les chevaux s'occupent évidemment des traditionnelles

« sleigh rides », sans négliger quelques élégantes sorties en carriole.

Il faut du monde pour animer ce cirque et, l'été venu, ce monde est invité à la campagne, pas n'importe laquelle, la campagne de l'île d'Orléans dont on fait le tour en voiture… à cheval.

Les invités camperont où bon leur semblera sur la propriété, et quand le coq les réveillera au petit matin, ils voudront sans doute prendre une douche. Imaginez le dégât si tout ce monde paradait dans la maison pour ses ablutions, alors qu'à l'extérieur chacun peut y aller de ses fantaisies et même chanter son hymne au soleil sans déranger personne d'autre que le coq. Voilà pourquoi il y aura un beau cylindre en planches debout derrière la maison, quelque part entre l'étang et les asperges.

Quant aux malamutes, ils habitent le sous-bois, attachés à un arbre ou un poteau, au bout d'une corde complaisante, et les femelles réunies dans un enclos, au cas où quelque mâle viendrait à se libérer, car un éleveur moindrement sage prend soin d'éviter les grossesses non désirées.

Tel maître, tel chien, dit l'adage. Ou serait-ce l'inverse ? Ici, les malamutes semblent avoir hérité du calme de leur maître, à moins qu'il ne le tienne d'eux. Les malamutes sont des chiens de trait fort doux, fort travailleurs et fort forts. Ce qui ajoute à leurs charmes, c'est qu'ils ne sont pas des jappeurs.

Et puis, ils font peur aux hérons qui voudraient bien vider l'étang.

Une paix étrange règne sur les lieux dans un silence bienvenu. Cent cinquante enfants, deux fanfarons, un politicien, quelques chipies et ce serait l'enfer. Cent cinquante malamutes, deux chevaux, un coq, quelques faisans et on dirait une sorte d'Éden en reconstitution sous les érables dans un coin discret de l'île.

21

Saint-Jean

Sarajevo, Bosnie-Herzégovine, 28 juin 1914.

François-Ferdinand de Habsbourg, archiduc d'Autriche, est assassiné par un Serbe alors qu'il se balade par là.

Grand émoi dans l'Europe des multiples alliances, la *Duplice* de l'Allemagne-Autriche-Hongrie et la *Triplice* de la France-Russie-Grande-Bretagne. Le diable, la chicane poignent pour de vrai et c'est le début de la Première Guerre mondiale qui durera jusqu'en 1918.

– Saint-Jean I.O. dans tout cela ?

C'est déjà un des plus beaux villages du Québec avec ses maisons de style néoclassique qui, de part et d'autre du chemin Royal, se regardent et se jalousent par les jolies lucarnes qui s'alignent sur les larmiers.

– Oui, mais la Première Guerre mondiale vient y faire quoi ?

Vous n'y comprenez rien et moi non plus, mais en Europe ça barde et ça s'entretue à qui mieux mieux. En France, notamment, Allemands et Français s'affrontent quelque part au bord de la Marne.

«Engagé volontaire lors de la Première Guerre mondiale, le lieutenant Péguy mourut héroïquement la veille de la bataille de la Marne (5 septembre 1914 ?) à la tête de sa compagnie, debout face à l'ennemi, frappé d'une balle en plein front*.»

Charles Péguy n'était probablement pas connu à Saint-Jean, île d'Orléans. Henri Alban Fournier, auteur du *Grand Meaulnes*, non plus, quant à ça.

«Mobilisé dès la déclaration de guerre, en août 1914, Alain Fournier rejoint le front comme lieutenant d'infanterie. Le 22 septembre 1914, il est tué au sud de Verdun, dans les Hauts de Meuse. Il n'avait pas encore vingt-huit ans. Porté disparu avec vingt de ses compagnons d'armes, son corps a été découvert dans une fosse commune où les Allemands l'avaient enterré. Il a été identifié en novembre 1991 et est maintenant inhumé dans le cimetière militaire de Saint-Rémy-la-Calonne (Meuse)**.»

Ce sont là deux victimes de la toute première heure et des milliers d'autres s'y ajoutèrent par la suite, dont de nombreux Canadiens et quelques-uns de ce village, sans doute, car il faut du monde d'un peu partout pour compléter les vastes phalanges du «soldat inconnu».

– Oui, mais on ne sait toujours pas ce que Saint-Jean vient faire dans ce récit.

Bon, bon ! Remontons encore deux ans plus tôt dans le temps et nous voici en 1912. Le village de Saint-Jean est déjà reconnu comme un des plus jolis du Québec. Vous pouvez le demander à Yves Laframboise, spécialiste des beaux villages***, et vous pouvez le demander à tout amateur de beaux livres sur l'île

* http://www.eleves.ens.fr/home/vaisserm/peguy/francais.html

** http://www.legrandmeaulnes.com/french/biographie.htm

*** Yves Laframboise, *Villages pittoresques du Québec. Guide de charmes et d'attraits*, Montréal, Les Éditions de l'Homme, 1996.

d'Orléans, ses maisons, ses églises, ses artisans, son histoire, celui de Michel Lessard*, entre autres. Les belles maisons de Saint-Jean se retrouvent dans tous les livres et elles datent toutes d'avant 1912. Celles qui ont été construites après ne sont généralement pas assez belles pour qu'on les photographie ou qu'on en parle. Même qu'il vaut mieux fermer les yeux en passant devant, car ce ne sont pas de belles vieilles maisons, et elles déparent un peu ce beau village où, en 1912, l'abbé Joseph-Aimé Rainville est déjà curé depuis treize ans et le sera encore jusqu'en 1916. Joseph Pouliot, un pilote comme sa famille en a fourni et en fournira des tonnes à la paroisse et au fleuve Saint-Laurent lui-même, a été élu maire l'année dernière. L'histoire de la mairie à Saint-Jean est un affrontement continuel – parfois amical – entre pilotes et cultivateurs.

Le docteur Alphonse Bonenfant, natif du Bic, est venu s'installer au village en 1909 et a épousé Georgia Pouliot, la fille du maire, il y a deux ans déjà. Leur premier enfant, Jean-Charles, vient justement de naître le 21 juillet; il sera secrétaire du premier ministre Maurice Duplessis de 1937 à 1939, bibliothécaire de l'Assemblée nationale de 1939 à 1969, professeur de droit à l'Université Laval, grand spécialiste des institutions canadiennes et, encyclopédie vivante, il sera une sorte de Pic de La Mirandole de son époque. Un autre Pouliot, Adrien, un matheux qui lisait Goethe et Platon dans le texte et qui deviendra le parangon du scientifique canadien, a seize ans déjà et poursuit ses études au Petit Séminaire de Québec.

Dans le très bref et le très résumé, voilà pour Saint-Jean I.O. en 1912.

---

* Michel Lessard, *L'Île d'Orléans: Aux sources du peuple québécois et de l'Amérique française*, Montréal, Les Éditions de l'Homme, 1998.

Assez loin de l'île, à Saint-André-d'Argenteuil, un jeune notaire qui se tourne les pouces et qui est en communication constante avec les journaux montréalais pour faire savoir qu'il existe se voit soudain contacté par un promoteur immobilier des plus dégourdis, un dénommé Louison Deville-Martinet, qui détient déjà une charte pour la construction d'un chemin de fer à l'île d'Orléans et qui a grand besoin d'un blanc-bec de notaire aussi ignare qu'innocent pour mener ses affaires à bien. Le pigeon choisi s'appelle Gaétan Valois et il a laissé des mémoires qu'il vaut mieux citer*.

« Au début de 1912, tout un programme d'établissements industriels était proposé à un groupe d'hommes d'affaires qui y ont vu tout de suite l'essor d'un développement économique dont la province de Québec devait être le principal bénéficiaire.

« Le projet soumis et exposé par des entremetteurs européens qui ne cachaient pas leur identité germanique – et il n'y avait pas lieu non plus – comprenait l'installation dans la province d'un bon nombre des industries dont l'Allemagne faisait le fondement de son commerce d'exportation.

« Et Dieu sait si alors les marchandises "*Made in Germany*" avaient cours de par le monde, sans être nécessairement de la camelote : et l'on venait offrir à notre province l'occasion d'être en Amérique le centre de production de ce négoce aux débouchés universels.

« Bref, c'était sur un plan généralisé ce que déjà plusieurs maisons américaines ou anglaises avaient pratiqué, chacune pour soi.

« Or pour une telle mise en œuvre, il fallait certainement des facilités géographiques accessibles

---

* Gaétan Valois, *Minutes retrouvées*, Montréal, Éditions Fides, 1953.

que l'on comptait avoir découvertes dans l'île d'Orléans, aux portes de la cité de Québec, à la main d'un service d'énergie électrique par les chutes Montmorency avec les possibilités alléchantes d'un port de mer *all year round* à la Pointe Argentenay.

[...]

« L'idée lancée par ces Allemands n'avait pas un grand détour à faire pour atteindre les oreilles de ce promoteur en éveil, membre de tous les clubs, associé à toutes les combinaisons, comparse de toutes les coulisses qu'était Louison Deville-Martinet.

[...]

« Il s'agissait d'obtenir des options sur toutes les terres de l'île d'Orléans, ce que l'on comptait plutôt facile à réaliser. Toute l'île ou peu s'en faut devenait nécessaire à ce déploiement en série de l'industrie allemande au Canada.

«Et puis en 1912, sauf dans les secrets d'office de certaines ambassades, personne hors Léon Daudet ne soupçonnait d'intentions belliqueuses aux Allemands. Il n'y avait qu'une guerre en perspective, c'était la guerre économique, la course aux marchés mondiaux, la concurrence industrielle internationale.»

Voilà pour la mise en situation. Le petit notaire de Saint-André a tôt fait d'accepter la proposition. Les poches pleines de billets, gracieuseté du Louison en question, il s'installe à Sainte-Pétronille dès la fin février et, en tout bien tout honneur, il se met à offrir des options d'achat tout le long du littoral, laissant aux fermiers le principal de leur ferme vers le trait-carré de l'île, en prévision des denrées dont les ouvriers d'usine allaient tantôt avoir besoin.

Car, sans perdre les grâces de son âge bucolique, l'île allait bientôt se couvrir d'usines reliées par un chemin de fer qu'un pont ferait sauter par-dessus le chenal vers la côte de Beaupré et la ville de Québec. Tout cela en attendant le quai en eau profonde *all year round* à la pointe nord-est de l'île.

L'Éden insulaire allait devenir un paradis industriel sur son littoral tandis que le lait et le miel allaient couler sur les pentes de ses jardins, de ses vergers, de ses pâturages. En cette île bénie, le loup et l'agneau allaient bientôt s'embrasser dans une symphonie pastorale inédite.

Un jour, le notaire est convoqué aux appartements du baron Von Godenz à l'hôtel Viger de Montréal.

« Grand, svelte, d'une mise impeccable – un baron ! – parlant le français avec un grasseyement tout germanique, cheveux blonds et lisses encadrant une boîte crânienne indéniablement "*made in Germany*". Il se disait un cousin du kaiser dont une photo autographiée ornait un guéridon dans l'angle d'une vaste suite. »

Les pourparlers vont bon train et Valois fait part de la satisfaction des insulaires à se départir de parcelles de terres impropres à la culture contre des espèces sonnantes. Bientôt, Von Godenz achète la pointe Argentenay par un contrat en bonne et due forme. Le rêve industriel se précise.

Dans sa thébaïde de Sainte-Pétronille, Horatio Walker ne se doute pas du sacrilège qui se trame dans son sanctuaire. Ses paysans à la pipe et au bonnet de laine qui trônent dans les meilleurs salons des États-Unis sont en train de vendre des bouts de terre où carottes et poireaux ne pousseront jamais, où les bêtes ne trouvent jamais pâture, des acres et des acres de sable et de cailloutis. Quels imbéciles peuvent bien leur offrir des prix mirobolants pour ces rives inutiles ?

Ce n'est pas long qu'un Allemand du nom de Rhundhein fait construire et dirige une usine de produits du ciment devant l'actuel site de la plage d'Orléans. On y fabrique des tuyaux, de la tuile, des briques qui s'en vont d'abord vers Québec pour vente Dieu sait où. Un des insulaires qui s'y connaît en construction s'est fort étonné que les fondations en béton dussent être de quinze pieds de profondeur, mais les chèques de paye valent plusieurs poches de patates et on garde les questions pour soi.

Le gérant et les contremaîtres sont presque tous Allemands, quelques Polonais et Italiens en plus, mais les insulaires forment le gros de la main-d'œuvre. L'abbé Raymond Létourneau a eu la chance d'en interviewer quelques-uns dont il rapporte le témoignage dans son livre consacré au troisième centenaire de la paroisse*. Isidore Pouliot raconte :

« La manufacture était construite en 1913. J'ai travaillé quatre ans avec les Allemands. À vrai dire, j'y allais quand je n'avais pas d'ouvrage sur la terre. Je ne laissais pas mon père seul avec la besogne. Le boss Rhundhein, c'était un bon homme. Il m'avait dit : "Viens quand tu voudras, tu auras toujours ta place." Moi, je travaillais sur la machine à mélanger le ciment. [...] Il disait à qui voulait l'entendre que j'étais le meilleur homme sur le mixeur.

[...] « Une dizaine d'Allemands travaillaient à la manufacture. Il y avait le *foreman* Hiberfield : il parlait bien, mais je ne m'entendais pas avec lui. Shrydon était aussi un *foreman*. Stazell, c'était le responsable de la tuile, il restait dans la maison de Mme Régina Létourneau. Il y avait aussi Paul Penzel qui demeurait à la Pension Orléans. Il travaillait à la tuile, lui aussi.

---

* Raymond Létourneau, *Un visage de l'île d'Orléans : Saint-Jean*, Corporation des fêtes du tricentenaire de Saint-Jean, île d'Orléans, 1979.

[…] « À la manufacture, on produisait de la tuile, de la brique, des tuyaux de 4 à 48 pouces. En face de la manufacture, il y avait un quai que les Allemands avaient construit. La goélette transportait la production à Québec et en redescendait le ciment. Nos chariots circulaient sur une petite ligne de chemin de fer à bras. À 4 ou 5 hommes, il fallait retenir le chariot chargé car il y a une assez bonne pente sur la grève. Pour le remonter, c'était à bras d'hommes : ça allait bien.

« [Ces Allemands] étaient des gens aimables que nous estimions bien à Saint-Jean. Ils semblaient bien corrects. Mais on était en état de guerre avec les Allemands *de l'autre bord*. Même s'ils créaient des emplois ici, on avait des redoutances. »

Oui, l'état de guerre. L'attentat de Sarajevo était arrivé trop tôt et ses conséquences ne firent qu'accentuer les « redoutances » jusqu'au moment où les autorités canadiennes se décidèrent à regarder les choses de plus près. Un dénommé Joseph Lepage raconte :

« Jeune homme, j'étais au quai de Saint-Jean avec mon père quand trois ou quatre polices ont arrêté Rhundhein. […] Dessinateur de son métier, il dessinait des cartes que les responsables de l'espionnage ont trouvées. Installés à Saint-Jean, ces Allemands – la plupart contremaîtres – pouvaient mieux observer le mouvement maritime. […] La compagnie de produits en ciment à Saint-Jean n'était qu'un prétexte pour voir descendre les bateaux et les rapporter…

« Ils ont aussi arrêté McDuff qui était propriétaire de la pointe de l'île à Saint-François, d'une manufacture à Saint-Jean, là où il y eut plus tard le camp militaire. Ces Allemands s'étaient montrés très généreux dans l'achat de la terre chez Olivier Picard. Ils avaient payé deux ou trois fois le prix habituel. Ça avait bien intrigué Olivier. Le service d'espionnage en eut vent. La pointe de l'île, c'était important pour les Allemands… On voit venir les bateaux de loin, à 15, 20 milles quand il fait beau ! Et puis on peut les voir descendre à son aise. »

Les manufactures de Saint-Jean n'eurent pas la vie longue. Les Allemands furent sommés de faire leurs valises pour être conduits à Halifax d'où un navire allait les ramener en Allemagne. L'un d'eux s'était apparemment lié avec une jeune Anglaise et l'avait invitée à l'accompagner dans sa patrie. Sur son refus, il aurait dessiné un cœur à la craie sur sa valise, et sa blonde, avec la même craie, le transperça d'une flèche. Comme elle connaissait le contenu de la valise, elle en avisa les autorités qui, à Halifax, furent tout heureux de l'ouvrir et d'en retirer de superbes cartes toponymiques de l'île d'Orléans.

Notre gentil notaire poursuit :

« Et après les dépêches de la guerre qui nous mettaient au courant de certaines mainmises anticipées des Allemands en territoire français, après, dis-je, la découverte de "*tennis courts*" qui camouflaient des assises de béton armé de quinze pieds d'épaisseur, et servant de base aux grosses "berthas" du kaiser, j'ai pu comprendre les desseins qui se cachaient sous le parquet renforcé de l'usine de Saint-Jean, à l'île d'Orléans, comme étant l'endroit idéal d'où il fut possible sans être repéré, de dévaster de fond en comble, en moins d'une heure, la ville de Québec et toute sa citadelle.

« Par le même courrier… m'arrivait l'évidence des intentions préméditées de l'invasion du Canada par l'Allemagne, au moyen d'un port accessible au cœur du pays même en hiver, et d'un chemin de fer qui y mènerait mais que la tragédie de Sarajevo n'avait pas laissé le temps de parachever. »

Voilà comment, le 28 juin 1914, un Serbe exa « serbé » sauva Saint-Jean et l'île entière d'un sale avenir industriel et lui assura sa pureté géorgique pour des siècles à venir.

22

Aux champs

Il y a des jours où je voudrais m'appeler Marc Chagall ou Pierre Lahoud et être un peintre aéroporté, un photographe volant.

Ou un photographe aérien ?

Qu'en sais-je, sinon que Pierre Lahoud se promène en l'air et qu'il photographie en bas ?

Qu'en sais-je, sinon que ses photos font rêver et qu'on se demande comment une planète si jolie, un pays si beau vu d'en haut peut devenir aussi vil vu d'en bas, quand on entend les chefs politiques essayer de se le partager à grand renfort de sottises sur les bateaux à pavillons étrangers, les mariages unisexes, la stérilité de la pureté économique, la grandeur de la xénophobie et l'universalité de la bêtise.

*Le Québec vu du ciel**, signé Pierre Lahoud et Henri Dorion, a de quoi faire accourir ici les naïfs, les espérants et les dépourvus du monde entier, y compris les ceuzes qui ont bordélisé leur propre pays à

* Pierre Lahoud et Henri Dorion, *Le Québec vu du ciel au rythme des saisons*, Montréal, Les Éditions de l'Homme, 2001.

outrance, et les autres qui ont magnifié nos générosités à outrance également, jusqu'à ce que toutes et tous se heurtent au salmigondis de nos lois et règlements sur l'immigration, la langue et le partage des idées reçues comme des espèces sonnantes et trébuchantes.

Ne deviner, n'aimer le pays que d'en l'air, dans les protubérances du sol qui vont de l'aimable butte à Moineau aux impertinences himalayennes, de la plaine du Saint-Laurent aux échancrures des monts Torngat ; dans l'indolence de ses étalements en longues platées céréalières ; dans l'humeur de ses rivières, câlines, chialeuses, rageuses voire, selon le relief qu'elles habitent avec une fluidité merveilleuse ; n'aimer le pays que dans le rêve de sa réalité planétaire qui se roule dans la lumière du soleil aux caprices du temps, de ses saisons, avec une volupté qui fait parfois la grâce de nous atteindre.

***

Pierre Lahoud est devenu photographe d'en haut en 1975 alors qu'il était à la direction du Patrimoine du ministère des Affaires culturelles. Un boss de génie, Jean-Paul Gagnon pour ne pas le nommer, ordonna à ses disciples de faire l'inventaire complet du patrimoine bâti du Québec.

Il était fou, ce monsieur, et l'on passa bien quelques semaines en réunions de sous-fifres pour trouver comment le satisfaire. On découvrit alors qu'il existait des avions et des appareils photo et que, les deux mis ensemble, on réussirait peut-être à combler le rêve de l'imbécile.

Ce qui fut dit fut fait et terminé en 1980.

Or, Pierre Lahoud était l'un des fous qui se promenaient là haut, sanglé à portes ouvertes pour photographier le pays.

Il en est devenu cinglé et ses photos font le tour du monde avec sa réputation.

***

Vers le même temps, le jeune homme voulait une maison au bord du fleuve et il n'en trouvait pas parce que, en 1975, il n'y avait pas suffisamment de maisons au bord du fleuve pour tous ceux qui en voulaient et Pierre Lahoud était pas mal moins nanti que tous ceux qui en voulaient. Un ami lui signala tout de même une vieille maison abandonnée en plein champ dans « le petit village » de la municipalité de Saint-Jean. Le mur du nordet était pourri et le propriétaire en avait partiellement démoli un autre pour ranger son tracteur dans la maison.

Le petit village, un des plus vieux établissements de l'île, regroupe six maisons à un bon kilomètre de la route principale, et on en trouve déjà quatre, isolées, sur la carte de Robert de Villeneuve, datée de 1689. Pourquoi ce rassemblement insolite en plein champ alors que toutes les maisons de l'île, à de très rares exceptions près, sont construites sur les coteaux qui dominent le littoral ou, plus rarement, sur le littoral lui-même ? Ce rassemblement témoigne de l'ingéniosité des ancêtres, de la finesse de leur nez, pour ainsi dire, car il s'explique seulement par la hauteur de la nappe phréatique, très proche de la surface du sol en cet endroit. Encore aujourd'hui, les puits de surface n'y tarissent jamais.

L'île a reçu ses premiers colons vers 1660 et, dès 1689, ils étaient établis sur tout le pourtour de l'île. Cela donne vingt-neuf ans aux plus finauds d'entre eux pour trouver que la meilleure place n'est pas nécessairement à la crête du coteau ou sur le bord du fleuve, mais plutôt là où l'eau affleure en abondance pour tous les besoins domestiques et agricoles.

Voilà donc Pierre Lahoud, enfant de la ville de Québec et en quête de ruralité, qui, en 1975, va voir cette presque ruine très exactement centenaire, qui tombe en amour avec elle et qui se dit :

– Bon ! Je vais commencer par ici et, plus tard, je me rapprocherai du fleuve.

Ce n'est pas tout de tomber en amour. Les fréquentations peuvent s'avérer laborieuses. Dans ce cas-ci, elles durèrent deux mois à raison d'une visite par semaine. Le prétendant se présentait chez le propriétaire, lui montrait patte de velours et marchait avec lui jusqu'à la maison qui n'était toujours pas à vendre.

– Puis un jour, je ne pourrai jamais oublier ça, nous étions à trente pieds de la maison quand il m'a dit : « Combien tu m'offres ? »

Chacun avait son prix, évidemment, et ils fendirent la poire en deux.

Bien sûr, tout était à refaire et des amis artisans de tout poil et de tout métier se mirent à la tâche, trop heureux de passer deux étés copains-copains dans un tipi sur la sacro-sainte île d'Orléans, avec le résultat qu'en 1977 monsieur emménageait dans un loft paysan en plein champ, entouré de cultures de patates, de blé, de foin, entouré de fleurs et de merveilleux parfums champêtres. Les travaux avaient permis de découvrir une pièce de un cent, de 1875, à côté de la signature du propriétaire, Pierre Desmeules. Des ruines de pierre voisines suggèrent que la maison fut construite par le fils, près de la maison de ses parents, aujourd'hui disparue.

– J'y ai appris à vivre avec la poésie des champs et avec le spectacle des quatre horizons. Au nord, notamment, j'ai le mont Sainte-Anne, qui est mon Fuji-Yama, et le paysage des champs est aussi varié que celui du fleuve. J'assiste aussi bien au lever qu'au coucher du soleil, et la nuit, loin des lumières de toute agglomération, il ne me manque aucune étoile. Il n'y a pas une seule journée où la couleur est la même. Autour de la maison, les fleurs de pommes de terre et le vent dans les blés à perte de vue, c'est magique. Lève-tôt, je marche tous les matins où la température est convenable, jusqu'à la route que je traverse parfois pour aller jusqu'au fleuve, ou alors, jusqu'à l'orée de la forêt. Et puis, sur mon petit terrain, j'ai un jardin plein de fleurs et de légumes.

« Le bord du fleuve, je n'en ai plus besoin. »

Voilà pour la vie privée du monsieur, un étrange qui appartient tout de même à l'île d'une tout autre façon.

***

N'aimer le pays que de très haut.

Et travailler dans le très bas avec l'obstination des meilleurs idéaux.

Dans le traficotage de la politique des clôtures de l'oncle Anselme, dans les rediscussions devant notaire de la servitude qu'Eulinda avait acquise sur l'autre bord de la maison du cousin Eusèbe, dans l'empiètement de la terre de Siméon Latouche sur celle de Gratien Laframboise, qui fait que les deux ont droit de vote dans leur municipalité et dans celle de l'autre pour annuler mutuellement leurs visions de l'univers, en se disant bonjour au matin du scrutin.

Oui, photographier en l'air et vivre en bas.

Pourquoi ?

Pour être monsieur Pierre Lahoud, fonctionnaire à la Direction régionale de la Capitale-Nationale, responsable et superviseur, pour l'île d'Orléans, de l'application de trois lois fort importantes qui s'appliquent plus généralement à l'ensemble du territoire québécois :

– La Loi sur les biens culturels qui, à l'article 45, *permet au gouvernement de déclarer arrondissement historique un territoire, en raison de la concentration de monuments ou de sites historiques qui s'y trouvent. Il peut également, de la même façon, déclarer arrondissement naturel un territoire, en raison de l'intérêt esthétique, légendaire ou pittoresque que présente son harmonie naturelle.*

– La Loi sur la protection du territoire et des activités agricoles qui a *pour objet d'assurer la pérennité d'une base territoriale pour la pratique de l'agriculture et de favoriser, dans une perspective de développement durable, la protection et le développement des activités et des entreprises agricoles dans les zones agricoles dont il prévoit l'établissement.*

– La Loi sur le ministère du Développement économique et régional et de la Recherche, remaniée à souhait et qui dit que, *en ce qui concerne la région de la Capitale-Nationale, l'entente est conclue par le Bureau de la Capitale-Nationale. Cette entente détermine le rôle et les responsabilités de la MRC de même que les conditions de l'exercice de ses compétences. La MRC dispose des pouvoirs nécessaires pour réaliser l'entente et peut administrer les sommes qui s'y rattachent.*

Cette dernière loi oblige notamment les MRC à se faire un plan de développement qui ressemble au jeu de parchési que l'on jouait, enfants, sur un carton percé de trous qui espéraient des billes.

Aussi bien dire que l'île est enchâssée dans des lois auxquelles personne n'échappe. Contrainte pour les uns, elles sont sécurité pour les autres, car la conservation de son identité permet à ses agriculteurs de rester les grands pourvoyeurs de la capitale et à ses artisans de recevoir annuellement des milliers de touristes qui se disputent un souvenir de l'île aux sorciers.

Pierre Lahoud s'occupe de cela sur terre quand il ne vole pas en l'air.

Et afin que la MRC *dispose des pouvoirs nécessaires pour réaliser l'entente et* [...] *administrer les sommes qui s'y rattachent*, ledit Pierre Lahoud a proposé à la Municipalité régionale de l'île d'Orléans de réserver et consacrer un sou du cent dollars d'évaluation au développement culturel, sous quelque forme que ce soit, avec la bénédiction de la Direction générale de la Capitale-Nationale qui subventionne le triple de la somme. À force de réunions et de discussions, on en est aujourd'hui à prélever les trois quarts du sou en question, ce qui représente une somme annuelle de 45 000 $, et le sou en question a changé de nom dans tout le jargon de l'administration municipale et gouvernementale pour devenir « la cenne à Lahoud ».

23

Saint-François

Il faisait son faraud, portant beau, parlant haut. Toute l'île connaissait sa Cadillac blanche qui se pavanait dans le décor, oui, oui, comme un paon justement, aussi outrecuidante que le maître. Mais un jour, sa maîtresse le laissa et les choses prirent une tout autre tournure.

***

J'adorais l'église de Saint-François, plantée comme une balise au-dessus du fleuve, au-dessus de l'île Madame et de l'île au Ruau, comme une balise au milieu des plus belles terres agricoles de l'île d'Orléans. Les églises de Saint-Jean et de Saint-Laurent sont construites au bord du fleuve et elles sentent le fleuve. Celles de Sainte-Pétronille, de Saint-Pierre et de Sainte-Famille, toutes belles en leur genre, habitent plutôt les hauteurs et, plus agricoles, elles sentent les fraises, le maïs, les pommes et le sucre d'érable. L'église de Saint-François est construite à la porte de l'estuaire où les marées viennent marier les eaux salées aux eaux douces. Elle sent les pommes de terre et les poireaux des champs voisins et, au moindre souffle du nordet, elle se gonfle de la vaste et bonne odeur du large.

J'y allais souvent pour lire, les dimanches après-midi, à l'époque où il n'était pas nécessaire de verrouiller les églises. Les bancs avaient leur porte, comme des stalles d'écurie, et ils n'étaient pas longtemps confortables, mais ça lit très bien, à genoux, et que c'était beau et paisible là-dedans, avec la lumière orangée de fin d'après-midi qui entrait largement par la rosace au-dessus de la porte pour jouer dans les lustres sculptés, monter à la chaire et glisser sur la voûte de bois blanc.

Parfois, une dame entrait pour prier et nous ne nous dérangions pas du tout.

L'église était souvent le terme et parfois le départ de mes excursions sur le quai où, perdu en moi-même, je regardais longuement le fleuve, ses îles, ses bateaux, quand je n'allais pas tout bonnement aux champignons dans les forêts de la pointe Argentenay. Le plus souvent, je marchais avec des recueils de poèmes d'Aragon, de Brassens, de Mallarmé ou de Valéry dans mes poches. Je les mémorisais et je me les chantais, même dans le temple saint.

La chair est triste, hélas ! et j'ai lu tous les livres.
Fuir ! Là-bas fuir ! Je sens que des oiseaux sont ivres
*D'être parmi l'écume inconnue et les cieux * !*

Je venais de divorcer et la brise était très marine pour moi.

Le ciel était gris de nuages
Il y volait des oies sauvages

---

* Stéphane Mallarmé, *Brise marine.*

Qui criaient la mort au passage
*Au-dessus des maisons des quais**

C'était l'automne, ici comme là-bas, et beaucoup d'oies connaissaient la mort au passage.

Et puis, comme j'ai toujours adoré le grégorien, dans ce précieux écrin de recueillement et de bonheur, je me chantais à moi-même les vêpres du dimanche :

Dixit Dominus Domino meo
Sede a dextris meis

« Le Seigneur a dit à mon seigneur : "Assieds-toi à ma droite." »

C'est exactement ce que je faisais.

Ce temps est passé avec le temps et, comme tant d'autres choses, j'ai mis l'église de Saint-François dans mon sac quand j'ai repris le large encore une fois. Elle a été secouée à quelques reprises...

***

Cette belle église, pour son grand malheur, est fort bien située au bord de la route qui ceinture l'île. Si on arrive de Sainte-Famille, elle nous apparaît dès le haut de la côte dans son admirable profil. Si on arrive de Saint-Jean, elle nous accueille de très loin en pleine façade. C'est dire que la route tourne à angle droit tout juste devant elle. Au temps des bogheis et des carrioles, ce devait être charmant de deviser sur le perron, la place publique de l'époque, et de reconnaître de loin les arrivants de toute direction. Au temps des Mustang et des Alfa Romeo, les rassemblements et les

* Louis Aragon, *Bierstube Magie allemande*.

conversations s'y sont abrégés de crainte qu'un de ces bolides ne manque la courbe et ne fonce directement dans la façade.

Il fut longtemps question de construire un muret protecteur devant la façade de l'église.

Trop longtemps.

***

Il faisait son faraud, portant beau, parlant haut. Toute l'île connaissait sa Cadillac blanche qui se pavanait dans le décor, oui, oui, comme un paon justement, aussi outrecuidante que le maître. Mais un jour, sa maîtresse le laissa et les choses prirent une tout autre tournure. Il sollicita et obtint une dernière rencontre qui se voulait une ultime tentative de réconciliation

C'était en 1985.

La rencontre eut lieu dans la Cadillac, mais la réconciliation n'eut pas lieu, semble-t-il, car la Cadillac prit son élan et fonça à pleins gaz sur la façade de l'église Saint-François à gauche des grandes portes.

Deux morts.

Le mur fut enfoncé de six pouces. Il fallut trois ans et 700 000 $ pour restaurer l'église dans sa beauté première.

Le 1er juin 1988, les travaux étaient presque terminés et l'on préparait une fête pour offrir ce monument national aux Québécois quand un jeune homme de Beauport, vingt-cinq ans, décida qu'il en avait assez de la vie. Vers les trois heures dans la nuit, il s'approchait à bonne vitesse de l'église quand des travaux de voirie ralentirent son allure. Ensuite, ce fut le champignon au plancher et la petite Honda fonça sur l'église comme un bouc en colère.

Les Honda sont moins bien blindées que les Cadillac, faut croire. L'auto éclata, l'explosion péta et l'église flamba, ne laissant debout que ses vieux murs de pierre.

Or, ces murs avaient un secret.

Lors de la campagne de 1759 qui devait se terminer par la bataille des plaines d'Abraham, les troupes du général Wolfe avaient envahi l'île et la population avait fui là où elle avait pu. À la porte des églises, les curés avaient affiché des requêtes à l'adresse des troupes, leur demandant d'épargner au moins les lieux du culte. Les Anglais firent à leur tête et selon leurs nécessités un peu partout. L'église de Saint-François, quant à elle, fut transformée en hôpital militaire et on n'en savait guère plus, jusqu'à cet incendie qui mit au jour sur un mur cet incroyable graffiti :

« David Chapman August the 26th 1759 Belonging to His Majesty's Ship *Neptune.* »

Vingt jours avant la défaite.

Que faisait Chapman à l'église ? Était-il alité ou de garde ?

On sait qu'il faisait partie de l'équipage du *Neptune* depuis le 23 décembre 1756. Il devint artilleur le 1er novembre 1758 et il était toujours à bord du *Neptune* en juin 1760.

Une brochure réalisée par les Éditions Continuité pour le ministère de la Culture et des Communications précise que « le *Neptune* était le vaisseau amiral de la flotte de Saunders [...] Cette flotte comportait 49 navires de guerre et comptait 2000 canons et 13750 hommes d'équipage. Véritable forteresse flottante commandée par l'amiral Hartwell, le *Neptune* était armé de 90 canons et 770 hommes constituaient son équipage. Ce navire était si imposant qu'il avait dû rester ancré entre le cap Tourmente et la pointe est de l'île d'Orléans ».

Le graffiti a été sauvegardé, restauré, et il constitue maintenant le trésor le plus précieux de la petite église tout ordinaire, toute simple et toute neuve entre ses quatre vieux murs.

Le vent se lève !... il faut tenter de vivre
*L'air immense ouvre et referme mon livre**

À l'extérieur, il y a maintenant un muret devant.

---

* Paul Valéry, *Le Cimetière marin.*

24

Le Tour de l'île

Imaginez que vous habitiez Montréal, que vous passiez votre été à faire une recherche sur l'île d'Orléans et qu'un de vos meilleurs amis vous offre sa garçonnière sur la Grande Allée à Québec pour les jours où il n'y est pas. Grande planification s'ensuit, avec dates approximatives seulement, car ses va-et-vient risquent d'être aussi aléatoires que les vôtres.

Voici donc qu'au soir d'un premier jour où vous avez marché plusieurs sites de l'île pour vous les remettre en mémoire vous entrez au logis un peu fourbu, heureux de pouvoir oublier un tant soit peu votre journée et de découvrir tout autre chose, le nouveau repaire de votre vieil ami. Aussi nomade que vous, c'est son centième, peut-être. Vous avez visité tous les autres à l'occasion et la curiosité vous prend de découvrir ce qu'il a fait de celui-ci. Vous déposez armes et bagages, vous vous versez un bon verre à glaçon et vous vous apprêtez à vous jeter dans un fauteuil en faisant ouf! quand vous jetez un coup d'œil sur le mur, que vous paralysez debout, le bras en l'air, et qu'il s'en faut de peu que votre verre ne parte en chute libre.

Là, sur le mur, grande comme ça, une sérigraphie signée Antoine Dumas vous saute en pleine face. Et ça s'intitule comment, pensez-vous ?

Le Tour de l'île.

Remarquez bien que ça n'aurait pas besoin de s'intituler du tout. Je viens de quitter l'île d'Orléans pour me retrouver, par la magie de l'art, exactement là d'où j'arrive.

Et je contemple longuement les larges à-plats noirs, gris, blancs, roses et orangés où l'économie de détails offre un luxe d'évocation.

D'abord, dans la conception d'Antoine Dumas, un tiers de l'île suffit pour le tour de l'île et cette île, vue de quelque part sur la rive sud, est toute noire, cerclée de beige pour les grèves. Le tiers choisi est celui de la pointe ouest. Sur la berge à droite, il y a une manière d'église qui ne peut être que celle de Saint-Laurent. Celle de Sainte-Pétronille se pointe le doigt à travers le bocage qui n'en est pas un et, tache grise à la pointe, l'auberge de la Goéliche fait semblant d'être là. Au-delà et au-dessus de la pointe, la chute Montmorency secoue son drap blanc et les lointaines Laurentides couronnent le tout dans des luminosités partout égales à elles-mêmes.

Le rivage au pied du tableau est celui de la pointe de La Martinière où le jeune Dumas passait ses étés avec sa famille.

À la vue de ce tableau, j'ignore la réaction des gens qui ne connaissent pas les lieux. La mienne, au bout de la stupéfaction, sera un immense éclat de rire. Dumas a tout vu, tout noté, tout mis à sa place, et après cette réussite topographique parfaite, il a effacé tous les détails pour ne laisser que les fondements de la réalité, l'infrastructure du perceptible.

C'est sa manière à lui, qui n'est pas la moins bonne.

À chacun d'y ajouter, selon ses connaissances et son bon plaisir, l'ancien manoir des Porteous à La Grossardière, la maison de Stéphane sur sa pointe sans nom, le trou Saint-Patrice ou la grotte à Maranda. On peut même y deviner des nés-natifs, des étranges et des sorciers.

Le substrat peut recevoir tout l'authentique et tout l'imaginaire individuel ou collectif.

Tout est humour chez Antoine Dumas. Dans *Les Petits-fils de la Confédération*, le Québec est une jeune dame assise près de Pierre Elliott Trudeau, prête à partir avec sa valise. Dans *La Mise en jeu*, deux mastodontes s'affrontent devant un magnat qui lance un billet de banque sur la glace au lieu d'une rondelle et, dans *Le Refuge global*, la secte des automatistes se sert au cabaret que leur tend lui-même le pape Paul-Émile Borduas.

Tout est souvent commentaire des folies du jour, aussi. La bataille du vêtement dans les institutions d'enseignement revient sporadiquement au front de l'actualité et l'uniforme est maintenant disparu à peu près partout. Or, une toile de Dumas célèbre cette victoire. Une dizaine d'élèves nous sourient avant de monter à bord de l'autobus scolaire : ils sont tous en jeans !

Son *Tour de l'île* est évidemment un clin d'œil un peu malin au *Tour de l'île* de Félix Leclerc, cette utopie bleu et blanc qui a charmé toute la francophonie.

Le Tour de l'île d'Antoine Dumas n'a pas de quoi charmer toute la francophonie, mais, au-delà d'une impeccable réussite picturale, il a de quoi faire sourire ceux et celles qui ne croient pas aux utopies bleu et blanc.

25

Automne

L'automne pleut de toutes ses feuilles et cela revient depuis si longtemps qu'il ne faudrait plus t'en attrister, mon vieux…

… mais, hier encore, c'était d'une telle gloire d'or et de pourpre que le triomphe paraissait ne plus jamais devoir finir.

Le nordet s'est levé comme le soleil se couchait derrière le mont Sainte-Anne. Timide au début en descendant le fleuve, il a pris du coffre, il a élevé la voix et quand le chenal du nord a essayé de le coincer entre les clochers de Sainte-Famille et de Sainte-Anne, en face, il s'est choqué pour de vrai, choqué noir. En l'entendant bardasser aussi fort, la pluie s'est dit qu'il y avait peut-être du fun à y avoir et elle s'est aussitôt emmenée avec lui. Ensemble, ils ont déchaîné la furie du large contre l'île et les deux ont mené un sabbat d'enfer toute la nuit, tant que les arbres en braillaient à pleines fenêtres.

Un temps à rester lové au creux de son lit en se demandant pourquoi la paix n'aurait pas pu durer plus longtemps.

Comme de bien manque, une branche s'est laissée aller sur le toit de la maison, vers minuit, une pas trop grosse, Dieu merci. Moins grosse que la commotion, encore que le tambour a résonné un bon moment dans le registre de l'angoisse et de la hantise des dégâts. Et puis non, que je me suis dit. Je me lève, je m'habille et je sors.

Aussitôt dit, aussitôt fait et voilà la porte qui veut me rester dans les mains tandis que je suis planté debout sur la galerie à regarder le mur de pluie qui tombe quasiment à l'horizontale avec le vent qui la charrie. On voit ce qu'on voit, mais surtout, on ne voit pas ce qu'on ne voit pas. Pour une branche tombée sur le toit, combien tombées autour ? Quand et comment finira cette furie soudaine ?

Chez les lointains voisins comme ici, les maisons s'allument et s'éteignent. Il n'y a rien à faire. Rien qu'à écouter le vent s'enrager contre tout ce qui lui résiste.

Mieux vaut rentrer et se barricader.

– Hurle, mon vieux, braille tant que tu veux et fais brailler les arbres. Moi, je dors, deux oreillers sur la tête.

***

Surprise au matin, le vent s'est tu et s'est sauvé comme un malfaiteur qui profitait de la nuit pour saccager sans être vu, un pleutre pris en flagrant délit par les premières lueurs du jour, jour qui se lève sous un restant de pluie fine et sur un triste gâchis de branches cassées, tombées un peu partout. Une auto passe, arrête tout juste devant la maison pour nettoyer son passage et repart dans un bruit mouillé. Une autre la suit, une autre encore. De loin, Québec appelle tout le monde au travail et les gens n'ont pas le choix de la réponse. Si je reste à la porte, je verrai l'autobus scolaire ralentir et prendre à bord les petits Lessard.

Chez les Drouin, la cheminée fume pour une première fois depuis quelques lunes et la fumée ne sait trop quelle direction prendre. Elle tourne sur elle-même, refuse de monter et coule doucement sur le toit.

L'air est bon, tout de même, bon à ouvrir les fenêtres et à respirer l'automne sans trop le regarder.

Le café, les rôties, la confiture et le fromage ont un goût nouveau, le goût des choses qui restent quand le beau temps a déserté. La maison ne sera plus le camp de base ouvert sur les champs, les bois, la mer. Elle doit redevenir l'entrepôt des ressources vitales. Les conserves et les confitures sont déjà alignées dans les étagères du sous-sol, devant le bois cordé et non loin d'une manne de McIntosh dans un coin frais. Sous le lit dans la chambre, deux citrouilles et trois courges Hubbard se tiennent en réserve de la république. Les livres aussi sont bien rangés, prêts à servir encore, à être lus et relus, prime d'assurance contre le temps de l'ennui. Ne manquent que les fagots de petit bois pour l'allumage du foyer et la cueillette s'en fera aujourd'hui.

***

Et c'est la journée qu'ont choisie les oies pour revenir, dans un vacarme mieux venu que celui du vent. De l'orée du bois, on les voit venir de loin, briser soudain leur formation de voyageuses, spiraler en pleine confusion et s'abattre sur les battures, aussi folles qu'une première neige. Leur message est bien loin d'être le même qu'en mars dernier. Il nous parle de l'Arctique, du harfang, de la belette et du renard auxquels elles ont échappé. Il nous parle de l'hiver déjà venu là-haut et qui les suivra de peu, disent-elles. Les volées se succèdent en longues zébrures tapageuses sur la grisaille du ciel. Heureuses de se reposer enfin, elles cacardent sans arrêt. Il y a tant à raconter aux jeunes de l'été, tout étonnées de découvrir autre chose que les paysages de la toundra et qui ne cessent d'interroger les anciennes sur ce qu'est une ville, un clocher, une maison. Elles demandent aussi le nom de ces nourritures nouvelles, ces délicieux rhizomes qu'elles dévorent à mesure que la marée se retire, et les vieilles, patientes, répondent à tout, décrivent tout, leur disent qu'en ces lieux il n'y a plus de petits prédateurs à craindre, qu'il n'y a que le grand, et elles leur expliquent ce qu'est un fusil.

***

Grise, lourde, fraîche, la journée sera égale à elle-même jusqu'au soir et quand la nuit enveloppera la maison, il y aura, dans le foyer, une attisée pour la saluer, l'apaiser, l'apprivoiser.

Sur la table, la soupe aux pois et aux poireaux sera revenue avec des galettes aux patates.

26

Sainte-Famille

Quand on allait à bicyclette,
on traversait l'île par
la route des Prêtres et
on allait jusqu'à l'école
de mère Bourgeoys.
C'était où, donc ?

L'île d'Orléans que nous connaissons aujourd'hui est née ici dans la seconde moitié du XVIIe siècle.

D'autres étaient passés avant, les Amérindiens, Jacques Cartier, Samuel de Champlain et leurs acolytes, mais, entre passer et rester, il y a une marge.

La colonisation agricole de la vallée du Saint-Laurent débute à Québec même, avec l'arrivée de Louis Hébert en 1617, bien qu'il doive se battre contre la compagnie de Caen qui ne veut savoir rien d'autre que la traite des fourrures. À sa mort en 1627, son gendre Guillaume Couillard poursuit l'entreprise et la pousse jusqu'aux abords de la rivière Saint-Charles. En 1634 s'amène Robert Giffard qui obtient la seigneurie de Beauport, laquelle s'étend jusqu'à la rivière du même nom. Deux nouvelles seigneuries sont créées en 1636, celle de Beaupré qui, de la rivière de Beauport, longe le fleuve jusqu'à la rivière du Gouffre, à Baie-Saint-Paul, et celle de l'île d'Orléans.

Ce sont là les trois premières seigneuries de la Nouvelle-France, aussi bien dire les trois premières véritables entreprises de colonisation.

Peu à peu, les seigneuries de Beaupré et de l'île d'Orléans seront acquises par nul autre que le vicaire apostolique de la Nouvelle-France et plus tard son premier évêque, François de Montmorency-Laval, qui, plus que tout autre à l'époque, voudra favoriser la colonisation.

Parti de Québec, le mouvement s'est étendu graduellement jusqu'au cap Tourmente, mais sur cette rive nord du Saint-Laurent, les Laurentides se rapprochent de plus en plus du fleuve et coupent court aux belles terres. Qu'à cela ne tienne, il suffit de regarder en face, sur l'île d'Orléans, et on n'y trouve, sans embarras de montagnes, que de belles grandes terres fort invitantes. Les colons de Beauport et de Beaupré répondent très bientôt à l'invitation muette et «La Sainte-Famille», selon le vœu de Mgr de Laval, devient le point de rassemblement des nouveaux colons répartis dans les concessions des rives de l'île.

En 1683, la paroisse compte 51 familles pour une population de 384 personnes, sauf que ce n'est pas encore une paroisse. Elle le deviendra par décret d'érection le 3 novembre 1684.

La petite histoire de Sainte-Famille serait longue à raconter et plusieurs auteurs se la sont passée de l'un à l'autre, mais certains détails amusants méritent tout de même d'être soulignés.

La nomination du premier curé, par exemple, François Lamy, qui fut toujours d'un dévouement incontestable. Il avait été missionnaire sur l'île de 1674 à 1679 et devint le premier curé, résident et inamovible, avec le décret d'érection. Le détail intéressant ici, c'est qu'il était né à Montigny-sur-Avre, comme Mgr de Laval, et qu'il en était le filleul.

Une des premières préoccupations de M. Lamy fut l'éducation des enfants de sa paroisse, les filles surtout, car, très tôt, les garçons travaillaient aux champs ou prenaient le bois, tandis que les filles… Il s'adressa donc à son évêque pour obtenir des enseignantes, promettant qu'on leur fournirait tout.

Or l'évêque était tout nouveau. Il s'agissait de Mgr de Saint-Vallier qui venait de succéder à Mgr de Laval, démissionnaire. Mgr de Saint-Vallier, arrivé en 1685, n'avait rien eu de plus pressé que de visiter un peu son diocèse et il avait été rien de moins qu'ébloui par le travail de Marguerite Bourgeoys et de ses sœurs à Ville-Marie. Il s'empressa donc de lui demander des religieuses pour « La Sainte-Famille ».

Marguerite Bourgeoys avait trois bonnes raisons pour ne pas refuser. D'abord, elle avait fondé sa Congrégation de Notre-Dame expressément pour ça ; elle était en attente d'approbation des règlements par les autorités ecclésiastiques et alors, dans ces circonstances, comment dire non au nouvel évêque ?

Les religieuses fondatrices, sœurs Marie Barbier et Anne Meyrand, arrivèrent en novembre de la même année et sœur Barbier allait s'avérer inoubliable.

Là où l'on parlerait aujourd'hui d'hystérie, de névrose ou de psychose, on invoquait plutôt le mysticisme et l'intervention divine, à l'époque, sinon dans le quotidien, du moins dans les annales qu'on a bien voulu nous laisser. Marguerite Bourgeoys était plutôt prudente et réservée sur ces manifestations, mais sœur Barbier ne craignait pas de se lâcher « lousse ».

N'en jugeons point. Le parapsychique a ses secrets que la raison n'éclaircira probablement jamais.

Les deux religieuses passèrent leur premier hiver dans la famille de la veuve François Gaulin avec enfants et domestiques. Difficile expérience pour des dames habituées à leur intimité.

«Comme je n'avais pas encore sorti parmi le monde, je me trouvai comme dans un enfer, dit sœur Barbier. Nous revenions le plus souvent de l'église, qui était à plus d'un demi-quart de lieue où nous demeurions, toutes mouillées et comme des glaçons, sans oser nous chauffer, à cause du monde, et sans une permission particulière de Dieu, nous aurions dû mourir de froid.»

Sœur Barbier avait une dévotion particulière pour l'Enfant-Jésus qui l'accompagnait en tout lieu, toute circonstance. Un jour, revenant de l'église dans une tempête de neige, elle met pied dans un fossé par mégarde et la voilà ensevelie jusqu'aux épaules, incapable de s'en sortir. Elle prie l'Enfant-Jésus de l'en tirer «s'il voulait prolonger ma vie pour sa gloire» et des voisins, croyant voir là une de leurs bêtes, dit-elle, accourent la secourir.

L'Enfant-Jésus lui viendra en aide d'une autre merveilleuse façon, raconte-t-elle. Un jour, le feu prend dans la maison où elle habite. On s'agite et se précipite pour l'éteindre et sauver les meubles. Sœur Barbier ne bouge pas. Elle s'agenouille devant la statuette de son protecteur qu'elle porte toujours avec elle et le menace de périr avec elle dans les flammes s'il ne les éteint pas.

Il les éteint.

La tradition orale veut que Marguerite Bourgeoys ait visité à quelques reprises son couvent de Sainte-Famille. On y conservait une table sur laquelle elle aurait écrit une partie des règlements de la communauté, table maintenant à la maison Saint-Gabriel, à la pointe Saint-

Charles de Montréal. On raconte aussi qu'afin de subvenir aux besoins de ses sœurs Mère Bourgeoys fit jaillir une source qui n'a jamais tari. Le Domaine de la source à Marguerite, une halte gastronomique dans un verger de 4000 pommiers, rappelle cette tradition.

La présence des religieuses a profondément marqué l'histoire de la municipalité. On ne compte plus le nombre de religieuses de «La Sainte-Famille» qui ont rejoint les rangs de la Congrégation, et le souvenir de leur première maison est resté gravé au fond d'un moule pour sucre d'érable.

En 1701, on passe de la maison dans un couvent tout neuf qui, au fil des ans, sera restauré et agrandi jusqu'au 6 avril 1941 alors que, en l'absence de sœur Barbier et de son Enfant-Jésus, il sera la proie des flammes.

***

Le couvent sera reconstruit dès la même année, mais plus haut, au sud du chemin Royal, laissant le site à l'actuel parc des Ancêtres-de-l'Île-d'Orléans, une des fiertés de Jean-Pierre Turcotte, maire, préfet de la municipalité régionale de comté et né-natif dont l'ancêtre Abel s'est installé à l'île quelque part entre 1667 et 1669. Son père a vendu la ferme ancestrale en 1980. Ferme laitière, elle avait déjà été subdivisée au cours des successions et n'était pas assez grande pour soutenir une exploitation rentable. Un cousin l'a achetée et l'a ajoutée à la sienne pour rester dans la tradition agricole.

Comme la majorité des nés-natifs, Jean-Pierre Turcotte travaille à Québec et fait le trajet soir et matin «en vingt, vingt-cinq minutes».

– C'est encombré seulement la fin de semaine. Dans le temps des fraises, un peu, et dans le temps des pommes. Dans le temps des pommes, c'est très encombré.

En effet, pare-chocs contre pare-chocs sur les « quarante-deux milles de choses tranquilles ».

Jean-Pierre Turcotte était président d'un club de motoneige et avait de fréquents rapports avec le conseil municipal quand un de ses beaux-frères lui a demandé de le remplacer comme conseiller. Devenu conseiller, c'est le maire en place qui lui a dit : « Je finis mon terme. Si tu veux prendre ma place… »

Il est maire depuis 1985.

– Ça fait vingt ans et j'ai eu des élections une fois, en 2001.

– Vous devez faire une bonne job !

– Y disent pas toute ça !

Célibataire, il a fait de la municipalité sa famille. Son travail de maire le passionne, par l'ampleur même et la complexité des problèmes.

– C'est un problème pour les jeunes qui voudraient faire de la politique, femmes ou hommes, qui ont de jeunes enfants. Il y a tellement de réunions, les charges sont de plus en plus grandes et, compte tenu de la rémunération, tu peux pas vivre de ça.

Il apprécie beaucoup la présence des étranges.

– Si l'île a beaucoup évolué depuis dix ans, c'est en grande partie dû à des gens qui sont venus de l'extérieur pour nous faire rendre compte de la beauté de notre île et des grands espaces comme ici.

Les grands espaces sont tout autour de nous, le fleuve à nos pieds, le mont Sainte-Anne droit devant et, au bord de la route, l'ancien presbytère du curé Lamy, devenu musée et centre de généalogie sur le site de la première paroisse de l'île, sur le site de « La Sainte-Famille ».

Le parc des Ancêtres-de-l'Île-d'Orléans ne pouvait être mieux nommé.

27

L'esturgeon

Château-Richer

Juin nous assomme de chaleur aujourd'hui et la jetée de Château-Richer est sans doute le seul endroit de la planète où on puisse le tolérer, dans l'attente d'un certain bonheur, un bonheur qui devrait arriver avec Jos Paquet et son bateau qui nous emmèneront sur le fleuve pour lever les filets où de délicieux et malheureux esturgeons se seront pris au cours des dernières vingt-quatre heures.

Journée délicieuse où la marée montante affronte le courant et le suroît en brassant toute l'eau du fleuve, en raclant ses bas-fonds vaseux et en se démenant comme une perdue pour gagner sa bataille, bataille qu'elle perdra tout de même à l'étale quand la lune, fatiguée de la pomper à rebours du bon sens, laissera le courant reprendre et suivre son cours vers l'estuaire. Si la bataille achève, elle n'est pas terminée pour autant, et le remue-ménage donne au fleuve des teintes de café sale en longues vagues qui fleurissent avec plus de rage que d'éclat, dans une odeur de fonds marins, d'algues et de poisson venue du golfe, assez loin là-bas, et qui y retournera aussi vite qu'elle est venue quand le vent en aura eu raison.

– Ça sent la mer d'ici, dit Janouk, dans le plus ancien lieu commun des blagues maritimes.

– Oui, le temps fraîchit sur nous…

Et comment dire combien c'est beau, cet affrontement des éléments devant une île qui, toute verte devant nous, ressemble à un bonheur total, lointain, idéal, dépourvu des mille et un problèmes intimes de sa quotidienneté.

Le monde se brasse et se désordonne tout juste devant nous, mais, plus loin à l'horizon, il se calme sous le même soleil.

C'est toujours pareil, toujours comme ça partout dans le monde.

Vu de loin, l'univers est un projet parfaitement réussi.

De près, c'est un bordel enchevêtré de contradictions jusque dans l'atome où les électrons se courent après dans une sottise infinie qui fonde néanmoins l'équilibre du monde et qui fait que les balises se balancent doucement là-bas sur la vague, pour nous dire où se cachent les trésors que le fleuve nous remettra tout à l'heure, tandis que la marée, essoufflée, s'en retournera vers l'Atlantique qui l'a poussée jusqu'ici et qui la rappelle pour jouer devant d'autres îles du même fleuve, du même golfe.

– Je pense que les voici.

Parmi les autos qui fourmillent à la queue leu leu, en route vers partout et nulle part, l'embarcation qui vient ici apparaît soudain, royale sur sa remorque, derrière le camion d'un Jos Paquet modeste dans sa royauté, mais royal lui aussi, couronné seulement d'une casquette, la face enluminée d'un sourire bonhomme à la vue des gens qui l'attendaient et qui sont tout bonheur de le voir arriver.

– Bonjour !

Camille

C'est l'éternel bras droit de Jos Paquet, une tête de vieux loup de mer encadrée d'une barbe plus blanche que la crête des vagues, fendue d'un sourire matois, piquée de deux yeux pas beaucoup plus gros que des raisins de Corinthe et pétillants de malice, le tout planté sur une charpente réduite au strict nécessaire et où l'on voit les muscles se tendre entre la peau et les os quand il hale les câbles pour lever les filets.

Il n'est pas bavard, le Camille.

– C'est mon meilleur, dira Jos qui mesure le monde de haut et qui n'est pas bavard sur les compétences des gens qui l'entourent, collaborateurs, inspecteurs ou emmerdeurs.

Sans être avachi devant l'autorité, Camille est l'ombre dont le maître a besoin pour s'assurer qu'il existe lui-même. Don Quichotte était maigrelet et Sancho, ramassé ; ici c'est l'inverse. Et Camille n'a pas vraiment besoin qu'on lui dise quoi que ce soit. Il sait, il devine, il est toujours à la bonne place ; c'est le second parfait qui ne réplique jamais, même si les ordres n'étaient pas nécessaires.

Et il sourit toujours s'il se tourne vers vous.

Jessica

Elle a douze ans, treize ans, peut-être. Les cheveux, ramenés en chignon sur la nuque, ont des reflets cuivre au soleil et les yeux, plutôt fuyants, laissent un sourire parler pour eux. Réservée sans être inhibée, mignonne comme on peut l'être à cet âge quand on se contente d'être soi sans se mêler de vouloir faire la fine devant les grands, Jessica accompagne son grand-père à la pêche aujourd'hui. Comme les dix autres petits-enfants, elle figure sur sa liste de paye pour les menus services qu'elle vient rendre à la ferme quand c'est à son tour.

– Mais on les paye pas en liquidités. C'est trop facile à dépenser ici et là, pour ceci, pour cela. Ils doivent passer à la banque pour être payés. Comme ça, ils ont plus de chances d'en laisser et d'en ramasser. C'est ma femme qui s'occupe de ça. Ils sont bien avec elle et elle est bien avec eux.

Calme sur le bateau, en congé payé peut-être pour n'être pas privée d'une aussi belle sortie, elle est plus expressive que loquace.

– Tu viens de finir l'école et tu t'ennuies déjà, je gage ?

Pas un mot. Les yeux et le sourire ont répondu.

Quand il tire les câbles hors de l'eau, Camille ne se prive pas de les secouer dans sa direction pour l'asperger un peu, ce à quoi elle se contente de sourire.

Sans être des voyous, Jos et Camille n'ont pas, non plus, des allures d'enfants de chœur, mais par la seule grâce de cette enfant à bord, ces rudes gaillards et leurs invités auront laissé sur la jetée de Château-Richer toute velléité de blagues épaisses, toute conversation le moindrement équivoque, comme si la simplicité et l'élégance de la petite dame fixaient le barème des convenances pour cette agréable sortie sur l'eau.

Le fleuve

Bien loin d'être calme, il nous allonge des vagues de quatre mètres qui rejoignent parfois la hauteur de la proue pour nous gratifier d'une bruine souvent bienvenue et le tangage est doux comme à la foire. De flanc, par contre, le roulis suppose un appui quelconque sous peine d'une embardée malvenue.

– Si vous avez le mal de mer, dit Jos, dites-le-moi et je vous dirai quoi faire.

Personne n'ayant répondu, nous ne saurons jamais ce qu'il en est. En cas de chute à l'eau, le calme est de rigueur, car Camille a la gaffe preste, agile et sûre.

– Si c'est moi qui tombe à l'eau, vous savez quoi faire.

– Quoi au juste ?

– Me laisser là.

Peut-être a-t-il raison. Chose certaine, nous ne serions pas trop de quatre pour repêcher ce colosse.

D'une blague à l'autre, le fleuve nous berce entre des rives qui s'embellissent à vue d'œil.

Au nord, l'église de Château-Richer se dresse sur la falaise avec une hardiesse qui provoque le ciel tout autant qu'elle l'invoque, par-dessus son troupeau de maisons rassemblées en étage comme au temps de la piété, de la solidarité paroissiales. Notre avancée dans le fleuve révèle à mesure le contrefort des Laurentides au loin et les champs se contentent d'une maigre transition entre le pays maritime, tout au plus linéaire, et le pays forestier qui n'aura point de repos avant le fjord du Saguenay.

Au sud, l'île se rapproche et nous offre le mur verdoyant de la faille Logan qui la tranche tout du long et qui plonge dans le fleuve d'une seule venue, tellement abrupte que les îliens ont finalement abandonné les quais au pied de la falaise où les chevaux étaient plus patients que les tracteurs, dans les pénibles lacets aménagés pour la gravir. Un mur de frondaisons luxuriantes, lumineuses et paisibles sur trente kilomètres, à la barbe d'un fleuve qui s'agite à longueur de journée, de mois et d'année, qui monte, descend, part d'un bord, part de l'autre, à la merci du Soleil et de la Lune qui se jouent de lui comme d'un poulain fringant avec les rênes des marées.

De loin en loin, des ballons rouges se dandinent sur les vagues.

– Venez voir si nous avons quelque chose pour vous.

Bien sûr qu'on y va !

L'esturgeon

Comment dire qu'il est laid et pourquoi le dirait-on ? Parce que son nez démesurément allongé pourrait être celui d'une quelconque sorcière occupée à humer ses infectes concoctions ? Parce que son dos emprunte vaguement aux plaques osseuses du stégosaure ? Parce que sa queue se voudrait celle d'un petit requin ? Parce que sa bouche en suçoir, avec ses barbillons frisottés, ressemble plutôt à un cloaque où s'engouffre tout ce qui traîne sur les fonds ? Parce que, sans écailles, il ne ressemble pas à un vrai poisson, pas plus que l'anguille, ce serpent manqué ? Parce qu'il ne ressemble à rien d'autre ?

Laid ou pas, l'homme le chasse et l'a chassé avec une ardeur telle qu'il ne se pêche plus nulle part à l'état nature…

… sauf au Québec.

Sauf au Québec, les amis ! Pêche interdite partout dans le monde pour essayer de le ramener à ses anciennes rivières, ses anciens fleuves, ses anciennes mers, ses anciennes amours.

Le caviar d'esturgeon de la Caspienne ? Du poisson d'élevage, les copains ! Comme tous les esturgeons exploités commercialement ailleurs qu'ici.

Jos Paquet prétend qu'ils sont cinq à le pêcher çà et là sur le fleuve, le noir et le jaune, *Acipenser oxyrhynchus* et *Acipenser fulvescens.*

Comment prétendre à la beauté avec des noms pareils ?

Le noir est un poisson d'eau salée qui vient frayer en eau douce; le jaune est un poisson d'eau douce qui s'arrête aux abords de l'eau salée. Voilà pourquoi ils se retrouvent tous deux de part et d'autre de l'île d'Orléans où la marée emmène le salin en montant de la mer et l'y ramène en y retournant, deux fois par jour; le noir plus fréquent entre Saint-François et l'île Madame, le jaune, dans le chenal Nord, entre Château-Richer et les paroisses insulaires de Saint-Pierre et de Sainte-Famille.

Première bouée à la porte du mystère. Trente-cinq mètres de filets invisibles sous dix mètres d'eau vont raconter l'épopée des dernières vingt-quatre heures. Camille attrape la «balloune» avec sa gaffe et l'ardeur qu'il doit mettre à hisser le câble promet certainement quelques captures. En voici une première, un jeunot qui s'est bien débattu, si bien qu'il faudra mettre cinq bonnes minutes à le désentortiller avant de le libérer et de le jeter au fond du bateau, ahuri, battant furieusement de la queue au bout de son aventure. Il raclait bêtement les fonds quand il a rencontré ces cordages. Il a combattu l'ennemi invisible jusqu'au bout de ses forces et le voici hors de l'eau, sur la dure. L'air lui brûle les branchies et le requinque pour ses derniers sursauts. Il ressemble terriblement aux images qu'on en fait, mais sa cuirasse, son blindage ne lui ont servi à rien. C'est sa jeunesse, quinze ans peut-être, qui le sauvera, car Jessica est allée chercher la règle dans le coffre et il ne fait pas le mètre de rigueur.

– On le rejette?

– Oui. En le prenant par la queue et en le plongeant tête première par-dessus bord.

Jessica joint le geste à la commande et le babichou disparaît là d'où il était venu, vers une vie nouvelle, vers de futurs et semblables ennuis peut-être.

Le suivant est un esturgeon nouveau genre, une carpe allemande à belles écailles qui fera aisément ses dix kilos et qui restera à bord pour les délices d'un connaisseur bien connu de Jos et qui, demain, accourra à l'île sur un simple coup de fil passé dès notre retour.

Et tire et tire encore. La lourdeur du filet laisse présager des récompenses. Une seule, en fait, mais de taille, un bon mètre et demi. Lui aussi restera à bord.

Surprise ! Le suivant est un noir, identifiable à son nez plus effilé que celui du jaune. Que faisait-il en ces eaux qui, d'habitude, ne sont pas les siennes ? Mystère de la jeunesse qui s'égare à volonté peut-être, car lui aussi a droit au geste libérateur de Jessica.

Trois heures sur l'eau, huit filets visités, quatre belles prises, quatre remises à l'eau et une carpe.

Trois heures sur l'eau et beaucoup de temps à démêler les filets et les remettre à l'eau selon la stratégie qui convient aux mouvements des marées, dans le courant et à contre-courant, car, en vingt-quatre heures, ça brasse finalement dans tous les sens et l'esturgeon arpente partout son destin.

Trois heures à regarder l'homme occupé à l'un des plus vieux métiers du monde, un métier qui n'a jamais évolué. Sauf pour le puissant moteur qui nous véhicule à la surface des mystères sous-marins, rien n'a changé, ni le filet, ni la barque, ni la gaffe, ni le poisson, ni l'homme, et tout se passe comme il y a des millénaires, dans une science aussi confuse que précise, une science qui ne s'écrit nulle part, qui se diffuse par le geste, par la parole et qui s'appuie sur une triangulation multidimensionnelle éminemment variable.

– Tu t'alignes sur un quai, une église, un rocher ; tu connais tes profondeurs, les courants, les marées ; tu poses tes filets ; tu jauges le temps, tu attends, tu guettes le vent et tu reviens ; tu prends ce que tu trouves.

Se peut-il que tant de science se soit accumulée au fil des siècles et à la barbe de toutes les universités, comme la poésie qui se meurt aussitôt qu'elle s'apprend quelque part ?

– Regardez entre les deux bouées là-bas sur l'eau, en plein milieu, et remontez dans la forêt sur l'île. Voyez-vous un toit entre les arbres sur le dernier plateau avant le bord de l'eau ? C'était le chalet de Félix Leclerc.

Silence.

La barque se retourne et pique vers la jetée de Château-Richer. Camille saigne et bague les esturgeons.

Il n'y a plus rien à dire, rien à voir sinon l'univers entier qui étale ses beautés tout en gardant ses secrets.

Madame Fortin

Elle est assise à sa place, derrière la table, dans le bâtiment qui, en pièces séparées, sert à la fois de magasin et d'étal. Sa place est celle du chef d'entreprise qui coordonne toutes les opérations, qui tient et contrôle toutes les ficelles pour ajuster l'aujourd'hui à l'hier et au demain. Le téléphone est sur le mur, le cellulaire sur la tablette, le boss et les employés ne peuvent se cacher nulle part au monde pour échapper à sa gouverne.

En plus, il y a toujours un client debout devant.

– Voulez-vous goûter ?

Les vieux fidèles connaissent tout par cœur et se passent de la dégustation, à moins qu'une nouveauté ne se soit ajoutée au menu ou qu'un petit creux ne leur réclame une soudaine friandise. Plusieurs ne font que réclamer la commande soigneusement transmise par téléphone, car Jos Paquet ne fait pas la moindre livraison. Des paroisses de l'île comme de Beauport, de

Québec, de Sainte-Foy, de Montréal ou d'où que vous voulez, le client vient lui-même ou se charge d'envoyer quelqu'un quérir son butin.

Quant au néophyte, il déglutit d'avance quand madame sort du comptoir vitré et réfrigéré la planche aux multiples saveurs : esturgeon, anguille, doré, truite, barbue, saumon et fromage fumé que l'hôtesse découpe finement et pique d'un cure-dent pour le présenter sur un bout de papier ciré. Certains jours, il y a plus : de la mousse à l'esturgeon, aux noix et aux fines herbes, par exemple. C'est toujours un émerveillement, car ceux qui n'aiment pas n'auront même pas franchi la porte de la boutique, *because* l'odeur.

Sur avis favorable, madame découpe encore, jusqu'à la satisfaction du client. Une aide précieuse, Jessica aujourd'hui, pèse, enveloppe, perçoit et rend la monnaie tandis que le scénario recommence avec un autre client.

Le téléphone sonne.

– Poissonnerie Jos Paquet ! Oui, bonjour madame. Tout un filet ? Tranché ? Non ? Cet après-midi ? Non ? Demain matin ? Très bien. Comment vont les enfants ? Elle fait ses dents ? Pauvre chouette. C'est l'âge. Oui, bonjour, là.

Attrape le cellulaire.

– Un filet d'esturgeon entier pour demain matin. Madame Hokayem. C'est bien ? OK.

Suivant.

Madame Fortin n'a pas une santé de fer. Le bras, la volonté compensent ; une voix de velours enveloppe le tout et l'univers entier, chiens, famille, employés, clients, s'harmonise autour de sa table, de sa chaise, de sa personne.

Y compris le boss dans la pièce d'à côté.

La clientèle

À dix heures, le boss a déjà une bonne partie de sa journée de faite et il a le temps de s'asseoir pour un bout de jasette, pour montrer son fumoir, aussi, son fumoir qui lui vaut une réputation vastement nord-américaine.

– Il y a une femme d'origine russe qui vient ici tous les automnes chercher son esturgeon. Sur le dos, elle a une robe qui doit valoir à peu près mille piastres. Elle vient s'installer ici à l'étal, se choisit un esturgeon à son goût et se met à travailler avec mes outils. Moi, j'ai pas le droit de toucher au poisson, mais je la regarde faire et je vous dis qu'elle perd pas grand-chose. Quand elle a fini, on lui fait ses paquets, elle paye et laisse un pourboire de cent dollars.

Des histoires comme ça, Jos Paquet pourrait en raconter pendant des heures.

– Vous auriez dû voir la folie ici dimanche dernier. Du monde partout. Jean Soulard, le chef des cuisines du Château Frontenac, s'est arrêté avec des visiteurs et tout d'un coup tout le monde voulait arrêter pour savoir ce qui se passait. J'ai dû aller aider au comptoir parce que ça fournissait plus. Il en vient du monde ici, monsieur !

Le passant peut trouver de multiples raisons pour arrêter à la poissonnerie. Il y a presque toujours des filets qui sèchent, étendus au grand soleil, et que des hommes nettoient ou raccommodent, sous l'œil complaisant mais attentif de trois énormes chiens, Montagnes des Pyrénées, blanc neige, format Jos Paquet, qui font semblant d'être inoffensifs quand vous l'êtes vous-même. Parfois, c'est la barque qui revient avec ses prises imposantes qu'on transporte à la réfrigération. Voir arriver ces grands poissons tout juste arrachés au fleuve, les montrer aux enfants, s'en retourner à la maison avec un délicieux petit paquet et arrêter ailleurs chemin faisant pour se cueillir un panier de fraises ou de framboises n'est pas un vilain programme pour un dimanche après-midi.

Plus de cinquante pour cent de la clientèle est anglophone, semble-t-il, car si l'île est un trésor national cher à tous les Québécois, elle attire énormément d'Américains et de Canadiens curieux de vérifier sur place les charmes européens qu'on lui attribue, sans qu'il soit besoin de traverser l'Atlantique et d'apprendre à compter en euros. S'ils sont eux-mêmes d'ascendance européenne ou orientale, les visiteurs ont probablement l'adresse de Jos Paquet dans leur poche en arrivant à l'île car, en Amérique, l'esturgeon est rare et les nouvelles vont vite. De sorte que, en plus d'apprendre la pêche, le commerce, l'administration et l'économie, les petits-enfants de maître Jos, qui sont toujours de la partie, apprennent également l'anglais, uniquement au contact de la clientèle.

– Il y en a un qui a de gros problèmes d'anglais à l'école. Il en remontre à sa maîtresse.

Et ce n'est pas toujours le client qui choisit sa marchandise. Il n'est pas rare du tout que le producteur choisisse lui-même son client. Quand, par bonheur, une femelle s'est aventurée dans les filets, la prise du jour est promesse d'œufs qui, sous la touche de madame Fortin, deviendront en quelques jours un caviar, paraît-il, incomparable. En tous les cas, comme pour la carpe allemande, il suffit d'un coup de fil à Montréal ou ailleurs pour qu'un fantôme en vienne prendre livraison dans les vingt-quatre heures.

Pour une clientèle de plus en plus nombreuse, Jos Paquet se fait aussi traiteur ambulant avec un produit tellement nouveau qu'il est difficile à décrire dans les normes de l'Office de la langue française. Le méchoui est traditionnellement un agneau rôti à la broche. Jos Paquet remplace tout simplement l'agneau par un esturgeon et c'est un méchoui quand même. En guise de rôtissoire, un réservoir domestique d'huile à chauffage dont un large pan a été découpé dans le flanc. Monté sur un support transportable, il est percé d'une broche dont une extrémité extérieure est soudée à une roue dentée, reliée par une chaîne de bicyclette à un moteur d'essuie-glaces, lui-même actionné à sa plus basse vitesse par une batterie d'automobile. Compliqué, tout ça ? Pas du tout. La simplicité même. Une invention de Jos Paquet qui l'installe dans sa remorque et la transporte n'importe où sur les lieux de la fête. La victime, savamment apprêtée par madame Fortin, tourne lentement au-dessus des braises ardentes. Pas de bruit de moteur. Pas d'odeur de gaz. Seulement le fumet irrésistible d'un poisson qui frétille sur des braises d'érable.

– Ça fond dans la bouche ; vous avez sûrement jamais rien mangé de pareil.

Jos Paquet

Costaud, blagueur, le boss est un moyen tocson, dur mais juste, implacable mais bon, tendre même, un adversaire redoutable et retors à souhait pour déjouer tous les diktats de l'Administration qui le paralyserait sur sa chaise s'il était un sujet docile.

Comme l'Hydre de Lerne terrassée par Hercule, l'Administration est un monstre aux mille tentacules, aux mille règlements et aux mille permis dans tous les domaines du quotidien : aménagement, zonage, construction, hygiène, pêche, alimentation, succession… ça ne finit pas. Être honnête homme ne suffit jamais et tout costaud, tout finaud qu'il soit, Jos Paquet n'est tout de même pas Hercule, encore que pas mal proche.

Si sa conjointe coordonne les activités, Jos Paquet, lui, les organise. Tracteur, camion, roulotte, embarcations, filets, tout l'équipement de l'entreprise lui appartient de A à Z et il n'a pas vraiment d'employés. Lui appartient surtout le permis, le sacro-saint permis, encore plus précieux qu'un permis de taxi ou qu'un quota de lait, car il lui vient presque de Dieu lui-même, Pêches et Océans Canada, à qui il doit rendre compte de chaque esturgeon attrapé et dûment bagué.

Ses collaborateurs sont plutôt des entrepreneurs à leur propre compte. Quand ils sont agréés par le boss, tout l'équipement est à leur disposition et il leur paye rubis sur l'ongle le poisson qu'ils lui rapportent avec son propre gréement.

– Je paye pas leur temps. Je paye le produit de leur travail. C'est comme pour moi. Personne paye mon temps. Je suis payé pour ce que je produis. Quand tu perds du temps à cause de ta belle-mère, de ta tante, de ta brosse, tu rapportes rien pis t'es pas payé. Si t'es pas de bonne humeur, qu'y fait mauvais pis qu't'as pas envie de travailler, c'est ton affaire, pas la mienne.

Il appelle ça un travail à commission et ce n'est pas précisément du vocabulaire de convention collective.

– Hier, on est allés tendre les pêches à anguille le long du boulevard Champlain à Sillery. J'ai pas payé personne, mais si y veulent aller la chercher quand a passera, 45 000 livres d'anguilles à deux piastres c'est 90 000 piastres et c'est pas dur à prendre. C'est pareil pour l'esturgeon, 3 000 livres d'esturgeon, à peu près 150 poissons, c'est 12 000 $ clair pour eux autres et mon permis me donne droit à 1 000 esturgeons par année.

À bord de son bateau, la veille, il n'avait pas grand temps pour parler, tout occupé à lever les filets, à les démêler, à les déplacer au besoin. Il travaillait et c'était sa façon de nous expliquer son entreprise. En nous montrant le comment. Ce matin il cause. Il cause de toutes les réglementations dont il est accablé.

– Les inspecteurs voudraient que je leur donne les positions de mes filets d'après les repères du système GPS. Je leur réponds qu'on m'a appris la pêche à vol d'oiseau : une ligne du clocher de Sainte-Famille à celui de Château-Richer qui se croise avec une autre, du clocher de Sainte-Anne à celui de Saint-Pierre. Des fois, c'est le toit de la grange à Pichette avec le garage Esso de l'autre bord. N'importe quoi du genre, j'ai appris comme ça ! Tu parles si y sont fourrés ! Pis moi, j'ai la paix.

Des entourloupettes pareilles, Jos Paquet les multiplie au besoin des circonstances. Dans l'érablière au bout de sa terre, il se bâtira une cabane à sucre sur pilotis pour déjouer l'article relatif aux fondations dans les permis de construction. Par contre, certaines contraintes sont incontournables et il promet de fermer boutique dans cinq ans parce que les règlements divers l'empêchent de grossir.

– Si tu peux pas grossir, tu meurs. Sur l'île, deux fermes laitières vont fermer cette année. Des Américains vont acheter. Ils vont rester ben tranquilles, ils feront rien et dérangeront personne. L'île d'Orléans se meurt tranquillement comme ça.

Jos Paquet, lui, ne se meurt pas et dérange tout le monde excepté sa clientèle.

Dans son livre *Le Canada et la Révolution américaine**, l'historien Gustave Lanctôt écrit : « De ce colonial égalitaire et réfractaire, l'intendant Raudot disait : "Le Canadien a de l'esprit, est fier, orgueilleux, vif,

* Gustave Lanctôt, *Le Canada et la Révolution américaine*, Montréal, Librairie Beauchemin limitée, 1965, p. 14.

hardi, industrieux et capable de supporter les fatigues les plus outrées". À quoi Montcalm ajoutait qu'ils "ont de l'esprit et du courage". »

Raudot et Montcalm, il y a plus de deux cent cinquante ans, parlaient déjà de Jos Paquet.

28

Félix

C'était en juillet de l'été 1960.

Félix Leclerc était assis sur une estrade de fortune, à peine un plancher sur quelques madriers, dans le bas de la petite pente du mont des Roses, seul avec sa guitare. En arrière-scène pour tout artifice théâtral, un bosquet de vrais arbres et je ne me souviens pas du moindre appareil acoustique, mais il y en avait probablement, et de l'éclairage, aussi.

Assises sur l'herbe dans la pente devant lui, quelque 3 000 personnes – c'est du ouï-dire, car je ne les ai pas comptées – venues à pied, à vélo, en auto ou en bateau, puisqu'on n'avait pas encore commis la bêtise de détruire le quai de Sainte-Pétronille.

Le mont des Roses est une très humble colline de Sainte-Pétronille, sur la dorsale de l'île, guère plus imposante que le mont de Vénus, mais tout aussi charmante.

La propriété, une des plus belles de l'île, avait d'abord appartenu à la célèbre famille Porteous, dont quelques membres ont fondé la Banque de Montréal en 1817, et qui a laissé, dans les coteaux de la rive sud de l'île, une résidence somptueuse au-dessus de jardins non moins magnifiques, à l'européenne, tout en terrasses et en gradins, résidence qui garda le nom de la seigneurie du même nom, La Grossardière, nom retrouvé déjà sur un acte notarié du 16 juin 1673*.

Comme quelques-unes des propriétés du bout de l'île, celle-ci s'étendait d'une rive à l'autre du fleuve et les Porteous s'en partagèrent des morceaux jusqu'à ce qu'un monsieur Braft fasse l'acquisition d'une partie mitoyenne dans les années 1950 et lui donne son nom de Rose Mount. Or ce monsieur Braft, mélomane, était sans doute aussi francophile d'une quelconque manière puisqu'il se mit à inviter plusieurs musiciens et artistes à se produire, d'abord sur la véranda de sa non moins vaste maison, et ensuite sur l'estrade minuscule où Félix Leclerc se retrouva ce soir-là.

Ce fut une soirée d'une douceur infinie, comme si l'été avait voulu nous offrir son plus tendre cadeau : le voyage en bateau du quai de la Traverse à celui de Sainte-Pétronille, une magie qui avait fait partie de la vie quotidienne vingt-cinq ans plus tôt ; tous ces gens recueillis, assis sur l'herbe, sur des couvertures, des pliants, des chaises de parterre, avec, souvent, un pique-nique à partager avec la famille, avec des amis ; l'atmosphère invraisemblable de ce récital en plein air, sans amphithéâtre, sans vendeur de quoi que ce soit…

… et Félix !

Un Félix au sommet de son art, à l'apogée de sa carrière, quoiqu'il s'agisse là d'une opinion toute personnelle, car le brave homme vécut et chanta encore pendant vingt-huit années durant lesquelles

---

* Pierre-Georges Roy, *L'Île d'Orléans*, Québec, Imprimeur du Roi, 1927, réédition de Librairie Garneau limitée et Éditeur officiel du Québec, 1976.

mon intérêt pour son art ne cessa de décliner avec un sursaut d'émotion et d'admiration ici et là, jusqu'à ce qu'il n'y ait plus de sursaut du tout, bien loin de là.

***

J'ai connu Félix Leclerc très jeune. À dix ans tout au moins, grâce à son ami Guy Maufette qui faisait tourner ses premiers soixante-dix-huit tours à son émission *Radio P'tits Bouts d'chou* que je manquais rarement d'écouter. Et comme, vers mes douze ans, j'étais caddie sur le terrain de golf devant la maison, j'avais parfois quelques économies pour les acheter moi-même quand un premier phono entra dans la maison.

Ces disques sur étiquette Polydor, je les ai toujours et je les écouterais encore, mais allez donc trouver la table tournante. Sept disques et seize chansons, car quelques-unes étaient très courtes. *Le Bal*, par exemple, cette inoubliable merveille, jumelée sur une même face avec *Moi, mes souliers*, qui ne m'a jamais impressionné outre mesure et qui a raflé tous les prix. Je les écouterais encore pour comparer la voix et la guitare avec les multiples enregistrements ultérieurs, dont je possède évidemment quelques exemplaires, fidélité oblige.

Vers le même âge, j'ai eu le privilège de l'entendre en presque récital, car il faisait une tournée provinciale avec VLM, la troupe Viens, Leclerc, Maufette, qui présentait ses premiers sketches dans les salles paroissiales. Je me souviens que Maufette était un comédien remarquable, et Félix y allait de quelques chansons entre chaque saynète. Il y avait, bien sûr, l'inévitable *Petit Bonheur*, car c'était aussi le titre du spectacle, mais il y avait surtout les merveilles que sont, encore aujourd'hui, *Notre sentier* et *L'Hymne au printemps*.

Encore faut-il que j'explique mon engouement pour ces chansons.

Nous demeurions sur une fermette en banlieue de la ville et si, à cet âge, je connaissais encore mal les malheurs du *Petit Bonheur* et «le monde et sa misère» de *Moi, mes souliers*, j'étais par contre entouré de forêts, de champs labourés, de bouleaux, de nouveau-nés qui criaient dans l'étable. Les ruisseaux, je les courais. Les nids d'oiseaux, je les cherchais. Les papillons aux ailes d'or, j'en faisais des collections, les crapauds, je les entendais tous les soirs de printemps près de la rigole et les fées, ben... peut-être que j'y croyais encore un peu.

À la radio, il y avait, bien sûr, Charles Trenet qui nous parlait des Pyrénées et de la douce France, Léo Ferré qui chantait Paris, Henri Salvador avec une «Chanson douce» que lui chantait sa maman, tout allait très bien pour la «Marquise» de Ray Ventura et une certaine «Brin d'amour, belle comme le jour» nous tournait ça à plein soixante-dix-huit tours.

Oui, mais Félix parlait de nous! FÉLIX PARLAIT DE NOUS!

Il a fallu un certain Jacques Canetti pour s'en apercevoir, l'emmener en France et nous le retourner triomphant quelques années plus tard.

C'est peut-être à son retour qu'il nous offrit ses plus belles chansons, parfois avec des mots à nous sur des rythmes tziganes. Celles qui accompagnaient le documentaire sur la drave me semblaient particulièrement réussies. Et il y avait de purs bijoux comme *Elle pleure*, *Complots d'enfants*, l'inoubliable *Tirelou*, la merveilleuse et absurde *Chanson du vieux polisson*, sans parler de *Tu te lèveras tôt*, qui pourrait être le résumé de sa vie ardente. Mais chacun pige à son goût dans ce vaste répertoire qui est, disons-le, un trésor national.

Félix écrivait aussi, et j'eus tôt fait de me farcir *Adagio*, *Allegro*, *Andante* et *Pieds nus dans l'aube.* Sauf erreur, j'adorais ça, en grande partie du moins, et j'étais loin d'être le seul. En 1963, *La Presse* me demandait de faire une enquête sur les écrivains favoris des étudiants québécois. C'était plutôt gênant pour les autres : Félix était quasiment tout seul au monde. J'allai l'interviewer chez lui à Vaudreuil. Il me reçut dans sa grange, où il se retirait pour écrire. J'étais plutôt intimidé. Je n'ai pas cherché à me relire, mais je crois que je l'avais traité d'habitant magnifique. J'en garde le souvenir d'un étalon à la fois rétif et doux, fougueux mais rentré, capable de se cabrer à tout moment.

Mais depuis *Le Fou de l'île* en 1958, je n'étais plus capable de le lire, et encore là, j'étais loin d'être le seul. Je n'étais pas le seul, non plus, à ne plus pouvoir digérer son théâtre et à vouloir pleurer sur des répliques comme : « La vie est un fond de culottes dont les bretelles sont l'espérance. »

Le plus triste, rien de plus pathétique, c'est qu'il se voulait écrivain et dramaturge avant tout. Tchekhov a connu une variante de ce problème. De fois en fois, il se promettait d'écrire une comédie et l'apportait triomphalement à Stanislavski qui, avec ravissement, n'y voyait que tragédie, comme toute la Russie d'ailleurs.

***

Félix Leclerc s'est installé définitivement à Saint-Pierre en 1970, mais il n'avait pas attendu cette année-là pour fréquenter l'île un peu, un peu plus et de plus en plus souvent. Il y avait trouvé le paradis bucolique dont il rêvait depuis son enfance à La Tuque, et qu'il avait entrevu lors de son passage à la radio de Québec durant les années 1930. Il y avait trouvé des voisins accueillants et de nouvelles amours, y avait fondé une nouvelle famille, s'y était bâti une nouvelle maison et, surtout, un « campe » au pied de la falaise, non loin du fleuve.

C'était son refuge et il passera désormais une partie de son temps à se battre, bien en vain, pour en conserver une certaine intimité. Quand on doit gagner sa vie sur scène, sur disque, à la télévision, à la radio, il est plutôt difficile de faire sienne la devise du grillon de Florian : « Pour vivre heureux, vivons caché. » On doit plutôt se résigner le moins mal possible au sort du papillon doré de la même fable :

Chapeaux, mouchoirs, bonnets servent à l'attraper.
L'insecte vainement cherche à leur échapper,
Il devient bientôt leur conquête.
L'un le saisit par l'aile, un autre par le corps ;
Un troisième survient et le prend par la tête.
Il ne fallait pas tant d'efforts
Pour déchirer la pauvre bête.

Personne ne l'a déchiré, mais il était loin d'avoir, à l'île, la réputation qu'il avait à l'extérieur, et si les étranges l'avaient généralement en haute considération, les nés-natifs avaient plutôt des réserves.

– Il peut bien chanter l'île, mais c'est pas un gars de l'île. À part de ça, ses amis sont pas de l'île !

Il en avait bien quelques-uns tout de même, tout aimable qu'il était pour ses voisins, mais il ne courait pas les fêtes de centenaires de paroisses ni les noces d'or, même s'il les chantait sur paroles et musique de Jean-Pierre Ferland. Et puis, faut bien le dire, le mot « divorce » ne faisait pas encore partie du vocabulaire de l'île, moins qu'ailleurs au Québec, si tant est.

Par contre, sa présence et son œuvre ont attiré de plus en plus l'attention sur l'île. L'attention et les touristes, qui ne manquaient déjà pas. Et parmi ces touristes, nombre d'artistes, d'artisans, de spécialistes en agroalimentaire, en hôtellerie, nombre d'aspirants à la ruralité qui ont trouvé la place «pas pire» et qui, en s'y installant, on refait et préservé dans une large mesure le visage patrimonial de l'île qui est celui d'aujourd'hui.

***

Surviennent les événements d'octobre 1970 et voici que l'étalon se cabre devant l'application de la Loi des mesures de guerre. Il n'est pas le seul. L'application de cette loi aura créé plus d'émoi dans le poulailler que l'enlèvement de James Cross et l'assassinat de Pierre Laporte. Un aréopage de gens qui s'estimaient beaucoup se préparait même à former un cabinet parallèle pour prendre en main les rênes du gouvernement.

Pour Félix Leclerc, l'indignation prendra évidemment forme de chanson et ce sera *L'Alouette en colère*, suivie de quelques autres.

Suivront aussi son adhésion publique au mouvement d'indépendance, sa participation au référendum et *Le Tour de l'île*, que d'aucuns considèrent comme son chant du cygne et son chef-d'œuvre et où il proclame que les fruits sont mûrs dans les vergers de son pays.

La récolte tarde, cependant, et le barde décède le 8 août 1988, date en or pour les numérologistes : 8-8-88.

L'église ne peut accueillir tous les fidèles accourus à ses funérailles. Une cérémonie parallèle aura lieu sur la place Royale devant l'église Notre-Dame-des-Victoires à Québec.

La chambre de commerce de l'île d'Orléans s'empressera d'organiser une collecte et de faire ériger un buste devant son kiosque touristique à l'entrée de l'île. Cinq municipalités contribueront financièrement, mais pas la sienne, Saint-Pierre, sous prétexte que l'île a plus fait pour lui que lui pour elle.

Sur sa tombe, dans le cimetière de Saint-Pierre, on n'en finit plus de déposer et de ramasser de vieux souliers.

29

Maraîcher

La ville de Québec est entourée des plus belles terres agricoles qui soient, mais un nom magique revient toujours, celui de « l'île ». Dites seulement « les fraises de l'île » et vous n'avez pas seulement nommé un produit, un produit quelconque ; vous avez évoqué du même coup la frénésie des citadins de la Vieille Capitale qui se trémoussent d'aise à l'idée que l'été est revenu, qu'ils peuvent accourir chez leur producteur favori – souvent un frère, une sœur, un cousin, un oncle, un neveu – et qu'ils rentreront fourbus à la maison et s'assoiront bientôt pour se reposer les reins avec cette étrange médication qui consiste à s'emplir la bouche de fruits savoureux et de crème épaisse en rêvant d'une île légendaire, ancrée tout près quelque part à la marge du quotidien.

Cela se passe ordinairement dans la deuxième quinzaine de juin. Pourtant, en mars déjà, une ruée du même genre avait rempli les cabanes à sucre quand le soleil du printemps s'était mis à faire guili-guili aux érablières de l'île, et le « stampede » reprendra fin juillet, début août pour de fameuses épluchettes de blé d'Inde où la bière et le maïs mélangent souvent leurs ors.

Quant au temps des pommes, aussi bien n'en pas parler. Le Tout-Québec veut entrer dans l'île pour faire le sac des vergers, sans oublier de rentrer à la maison avec une belle citrouille et une botte de poireaux.

Et à travers tout cela, les esthètes de la gourmandise ne laisseront jamais passer le temps des asperges, le temps des framboises, des gadelles, des groseilles et, ultime et brève sublimité, le moment du cassis.

Mais d'où vient que l'île soit une corne d'abondance ?

Cela vient de ce que le sol s'y prête bien et que la présence du fleuve y assure un climat ni trop sec ni trop froid.

Cela vient surtout du travail des maraîchers qui sont là, pour quelques-uns, depuis treize générations et qui cultivent ce sol généreux avec toute la générosité de leur temps et avec un acharnement continu pour se tenir à l'heure des nouvelles variétés, des nouvelles méthodes, des nouveaux instruments et des goûts nouveaux.

Les fraisières, les érablières, les vergers sont partout et on pourrait faire la même enquête à plusieurs emplacements sur l'île, sauf qu'un seul devrait suffire, la ferme de Pierre Plante sur le chemin du Bout-de-l'Île.

Le monsieur m'attendait à la porte d'en avant mais j'ai frappé à celle d'en arrière, car je crois qu'à l'île la porte d'en avant ne sert que pour les mariages et les enterrements. Bien m'en a pris puisque la porte d'en arrière s'ouvre sur une vaste cour où l'on voit hangars, remises et autres bâtiments auprès desquels se déploie une panoplie de machines agricoles que je n'essaierai pas de décrire. Et puis, monsieur et madame ont bien ri de me voir entrer par là. C'était de bon augure, non ?

D'ailleurs, nous nous sommes assis à la table de la cuisine, à mi-chemin des deux portes, alors, l'une ou l'autre…

J'ignore si Pierre Plante a l'habitude des interviews, mais il n'a pas perdu de temps à attendre des questions.

– J'vas vous expliquer un peu. Moi je suis né ici dans la maison, mais la maison n'appartenait pas à mon père. Mon père a travaillé au tout début, il était natif de Saint-Laurent, à l'île d'Orléans, et il est venu travailler ici pour les pharmacies Brunet. Paul Brunet. M. Brunet venait d'acheter la ferme ici pis il avait besoin d'un fermier, ça fait que mon père a commencé pour lui puis il y a élevé sa famille – il a travaillé pour lui, je pense, dix ou onze ans. Par la suite, ç'a été vendu à un armateur grec, la ferme ici, et au fils du premier ministre Louis Saint-Laurent, Renaud. J'sais pas si ça vous dit quelque chose.

– L'armateur, c'était pas Papachristidis ?

– Oui !

– Madame Niki ?

– Ouais ! Vous la connaissez ?

Rires.

– J'ai été journaliste…

– Bon ben moi, en tout cas, j'vas vous le dire après. Ça fait que mon père a élevé toute sa famille ici, mais y a toujours été employé. En 1980, y a pris sa retraite, ça fait que moi, j'ai commencé à louer la ferme. J'étais mécanicien, moi, à Québec, chez un concessionnaire d'automobiles, pis j'avais l'idée beaucoup de l'agriculture. Ça fait que j'ai débuté comme ça.

«J'ai fait ça en location pendant six ans pis, en 1986, Niki Papachristidis a l'avait l'intention de vouloir vendre sa part, parce qu'ils étaient à parts égales, mais indivises. Ça fait que je suis devenu propriétaire avec les Saint-Laurent qui m'ont loué leur partie et c'est de même que j'ai commencé. Mais j'ai fait six ans en location, pis on a acheté en 86, pis on est ici depuis 1987, mais c'était pour moi la maison paternelle. On est six de la famille qui sont venus au monde ici. On est neuf enfants.

« Pis j'vas vous conter un peu l'histoire de la ferme. Au début, y avait juste un verger pis y avait un peu de vaches. Mais ça avait été délaissé avec les années. Moi, quand j'ai pris ça, y avait un verger de vingt-cinq acres que j'ai commencé à exploiter, mais j'ai ajouté des choses comme des fraises, des framboises, pis là quand j'ai vu que ça allait assez bien, j'ai laissé mon emploi en 1984.

« J'étais encore en location. J'avais pas acheté. J'ai pris ça à plein temps. Pis là on a ajouté, on a ajouté des choses et pis des choses. Aujourd'hui on est rendu avec cent quarante acres en culture. On a grossi le verger, on a tout changé. On est rendu dans le pommier nain au lieu du pommier standard. Ça a tout changé si on compare hier avec aujourd'hui. On a complètement changé les méthodes de culture. Complètement !

« Avant, on faisait ça conventionnel, en pleine terre. Là, c'est juste sur une butte, sur du plastique, avec irrigation goutte à goutte… il s'est passé bien des choses depuis ce temps-là. »

– Comment vous êtes-vous modernisé ? Votre père faisait une agriculture traditionnelle. Il n'a pas pu vous apprendre ce que vous savez aujourd'hui !

– Non, j'vas vous dire qu'on l'a appris un peu sur le tas. On suivait beaucoup ça. Moi, l'hiver, je suivais des cours. Quand il y avait une journée d'information, même si c'était à Montréal, je me déplaçais. J'allais voir les nouveautés, qu'est-ce qui s'en venait. On l'essayait sur une petite échelle. Si ça fonctionnait bien, on embarquait.

«Ça s'est fait tout le temps comme ça. C'est pour ça qu'aujourd'hui, quand mon garçon, il a étudié à l'Institut de technologie agricole de Saint-Hyacinthe, quand il est arrivé là, y avait pas de nouveautés parce qu'on les avait toutes sur la ferme. On suivait vraiment. Il est plutôt allé chercher sa base. Ça fait quoi, trois ans qu'il est là-dessus ?»

– Oui, oui.

C'est madame qui a répondu, très attentive à la conversation, sans qu'il y paraisse, et tout en s'occupant à autre chose.

– On avait tellement le goût de faire ça qu'on a donné le goût à nos enfants. Pour vous dire, j'ai trois garçons. Le plus vieux de la famille a étudié en alimentation. Il est chimiste alimentaire et c'est lui qui a développé ici les recettes de cidre. Aujourd'hui, il travaille pour les biscuits Dare à Montréal.

«Le deuxième, Matthieu, c'est celui qui est avec moi et j'en ai un autre qui semble aussi s'y intéresser. Il est en secondaire cinq et semble se diriger vers l'agriculture.»

Voici justement le Matthieu en question qui entre avec un autre personnage et les deux vont discuter à une autre table, près de la porte d'en avant. Après le départ du visiteur, j'apprendrai qu'il était en consultation avec un agronome.

– Vous avez une très grosse exploitation !

– Oui, une des grosses de l'île. On est peut-être vingt, vingt-cinq avec des exploitations en horticulture. Ceux qui sont restés traditionnels, y en a encore qui sont là, mais ils n'ont pas beaucoup de relève. Si on veut avoir de la relève en horticulture, faut vraiment se moderniser. Faut vous dire que j'ai un frère avec moi, aussi. On est donc trois familles qui vivent de ça. Ça fait que, un moment donné, faut que tu prennes un penchant et que tu prennes le bon. C'est pour ça qu'on a acheté une autre ferme, d'un voisin, pis on loue beaucoup de terre, aussi, parce que beaucoup ont abandonné et qu'il y avait des fermes disponibles. On a cent quarante acres en culture, dont cent cinq à nous autres.

C'est à peu près la fin de l'exposé historique et la période des questions sera un échange à quatre, fort enjoué.

– Matthieu, cet homme-là est un ancien journaliste qui veut avoir les secrets de nos fraises pour les donner à tout le monde.

Rires, encore.

Pierre Plante et son épouse commencent l'année par un mois de vacances en Floride. Au retour à la mi-février, l'érablière attend ; une érablière traditionnelle toutefois, avec chalumeaux et chaudières. En même temps, c'est la taille des pommiers, en raquettes sur la neige. Le soin des fraisières viendra bien assez vite avec la fonte des neiges.

– Pour le choix des variétés, comme tout le monde, vous privilégiez la conservation plutôt que le goût.

– Non monsieur. Je vends quatre-vingt-quinze pour cent de mes fraises directement au consommateur ou à des épiciers qui les écoulent le jour même. Mes fraises ont du goût et ne se rendent pas dans les grandes chaînes d'alimentation pour le surlendemain. Et avec toutes mes variétés, j'en ai de la mi-juin à la mi-octobre.

Mais pour en avoir à la mi-juin, il faut s'en occuper dès le mois d'avril, sans oublier de partir les tomates à la fin mars et de les transplanter à la mi-mai avant de semer le maïs sucré.

– Pas de pommes de terre ?

– Non. La pomme de terre apporte des maladies que les fraises attrapent facilement.

– Pas de poireaux ?

– Non plus. J'en achète. Il y a une couple de produits comme ça que j'achète pour accommoder mes clients et leur éviter de courir partout pour s'approvisionner.

On parle encore des insectes qu'il faut introduire pour en chasser de plus néfastes, des chevreuils qui deviennent une peste dans les vergers de pommiers nains, des visiteurs qui vont partout sans y être invités.

– On est chez nous et des fois on a l'impression qu'on l'est pas.

C'est un peu de leur faute, car au printemps, chez eux comme dans plusieurs vergers de l'île, les pique-niqueurs sont bienvenus sous les pommiers en fleurs et ils ne se privent jamais de la fête.

– Pas d'animaux ?

– Oui, un chat. Les autres, on n'aurait pas le temps de les soigner.

Sur la ferme, tout est planification et, plutôt qu'un seul métier, l'agriculture est un assemblage de plusieurs autres : mécanicien, électricien, agronome, météorologue, entomologiste, acheteur, vendeur, comptable et agent de service social aussi, polyglotte de préférence, car pour les récoltes il n'y a plus de travailleurs agricoles locaux. L'été dernier, les Plante en avaient une douzaine, Mexicains, Bosniaques, Serbes, Croates, avec un Anglais et un Français en plus. Ce n'est pas tout de les loger confortablement dans l'ancienne porcherie entièrement rénovée avec cuisine, douche et dortoirs pour douze. Encore faut-il les aider dans diverses tractations avec la caisse populaire, l'Immigration, les services de santé et toute la sainte patente d'une entreprise digne de ce nom. Au plus fort de la saison ils peuvent être vingt-cinq sur la liste de paie et madame fait les comptes tous les soirs.

– Ce sont des journées de quinze heures minimum, toujours dérangés par des téléphones, des visiteurs, des problèmes.

Il y a beaucoup de tout cela dans la délicieuse fraise ou la délicieuse pomme de l'île d'Orléans, qu'elle provienne de chez Pierre Plante ou d'ailleurs sur l'île.

On a presque tout dit. L'après-midi avance et ces gens ont beau être de la plus exquise politesse, intrigués et amusés par ce quidam qui vient leur poser de drôles de questions, ils ont encore bien d'autres choses à faire aujourd'hui et l'on se quitte à grands sourires, en toute amitié.

Pour conjurer le mauvais sort, je suis ressorti par la porte d'en arrière.

30

Hiver

Blanc partout.

Partout, partout, partout. Les champs, les arbres, les toits, la route. Partout, partout, partout. Jusqu'à l'horizon, quasiment au bout du bras en ce matin bouché par la neige qui tombe encore mollement, si mollement qu'on sait qu'elle en aura bientôt fini. Ce sera l'heure de la carte postale où les cheminées des maisons fument dans la paix des matins.

Joli, joli.

Puis, un bruit lointain estompe légèrement la carte postale, se rapproche et la déchire en deux, en quatre, en confettis quand la charrue passe en trombe, déroulant derrière elle une longue écharpe blanche qui ondule un moment dans l'air, s'y démaille et retombe en molles molécules sur les champs et les congères de la fois d'avant.

Revient alors le silence et réapparaît la carte postale à la fenêtre du petit matin qui, dans la maison, sent le café et la brioche.

***

Il a tellement neigé en janvier que les charrues n'ont pas suffi à la tâche pour dégager convenablement la route qui ceinture l'île, déjà trop étroite en été. Les souffleuses ont donc été mises à contribution et la route s'est transformée en un long corridor aux parois de deux mètres ou plus ici et là.

Devant chez moi, notamment, et j'ai beau m'y mettre vaillamment à la petite pelle, à la grosse pelle, avec tout l'arsenal du parfait petit déneigeur, je n'en viens pas toujours à bout et mon aimable voisin est tout heureux de récolter quelques billets de plus en ajoutant mon nom à la liste de ses pratiques, de sorte que j'ai maintenant ma petite tranchée personnelle débouchant sur la grande.

Or, voici que je m'absente pour dix jours et que j'avertis mon voisin d'oublier ma tranchée jusqu'à mon prochain appel.

La neige, elle, ne m'oublie pas, et le vent non plus. À mon retour, je dois laisser l'auto chez le voisin et escalader tant bien que mal le mur de mon entrée, car, dernier sur la liste, je devrai attendre jusqu'à demain, le temps que je passe une soirée entière à regarder danser les flammes du foyer en rêvant des bougainvilliers, des jacarandas, des poinsettias et des cocotiers de la Jamaïque.

Un vrombissement lointain me tire de ma rêverie. Comme elles font souvent, les jeunesses des alentours ont enfourché leur motoneige et foncent à vive allure vers le village, sur la crête des congères qui escortent la route. J'ai vu leur piste cet après-midi et elles ont profité de mon absence pour passer chez moi sans prendre la peine de redescendre sur la route.

Le lendemain, mon voisin a fait son job fort proprement et voici mon entrée étroitement taillée au couteau dans la congère. Je suis dehors à regarder les étoiles. Il n'en manque pas une dans cette nuit noire et pourtant transparente. Mais voici soudain le vrombissement lointain et la peur me prend. Je n'ai aucun moyen de prévenir les fonceurs de la nouvelle configuration de leur piste et je ne trouve rien de mieux à faire que de me retirer dans la maison, toutes lumières éteintes, pour qu'ils ignorent ma présence tout en s'apercevant brutalement de mon retour.

Ça ne manque pas.

Le premier arrive en trombe, debout sur sa cavale qu'il ne fouette pas et c'est tout juste. Trop tard, il voit le vide devant lui mais il ne chute pas tout de suite au fond de la tranchée. Avec la vitesse acquise, il pique directement à mi-hauteur dans la paroi devant et saute en bas de son véhicule qui brinquebale un moment avant de s'écraser. Le suivant a tout vu, mais pas à temps pour éviter le gouffre où il pique tête première. Les autres, plus chanceux, auront le temps de freiner et viendront joindre leurs voix au concert d'oraisons jaculatoires qui emplissent soudain la nuit jusque-là sereine. Kaput, les deux joujoux ! Les voilà en remorque vers la case de départ.

La nuit, le silence et les étoiles reprennent leurs droits et je sors de nouveau dans ce soir délicieux pour y goûter encore un peu.

***

Écouter craquer la glace est un sport solitaire qui se joue le samedi ou le dimanche matin, avec parfois des variantes en soirée.

Il suffit de s'habiller chaudement dessous, dessus et par-dessus, de prendre ses raquettes et de s'engager dans l'érablière qui surplombe la grève tout juste devant la basilique de Sainte-Anne-de-Beaupré là-bas, sur la rive nord du chenal de l'île.

Hier, l'après-midi nous a gratifiés d'une poudreuse et, au hasard de la marche, quelques flocons étincellent au soleil pour nous faire un clin d'œil sous les arbres immobiles, figés par le froid. Un froid de cristal, solide et transparent. Pas vraiment d'horizon avant la traversée du bois, mais au sommet de la pente le paysage se déchire et s'ouvre à plus de cent quatre-vingts degrés sur un fond de Laurentides bleu et blanc qui se queue leu leutent jusqu'au cap Tourmente, où elles rejoignent le fleuve pour l'escorter jusqu'à la baie Saint-Paul. Des pistes de ski glissent sur le mont Sainte-Anne. Les sommets voisins sont inertes, engourdis, vissés dans l'éternité de ce matin d'hiver.

Le sentier entame la pente de biais pour adoucir le raidillon. Les arbres cèdent la place aux arbustes qui disparaissent à leur tour au pied de l'escarpement et c'est tout de suite la glace, traîtresse sous la neige qui camoufle ses pièges, une glace que les hautes marées viennent rafraîchir de mois en mois, une glace elle-même pétrifiée, intimement soudée aux roches qu'elle recouvre.

Plus loin, la glace devient vivante sur l'eau qu'elle recouvre et c'est ici qu'elle craque. Elle craque quasiment en silence. Un bruit ici, un autre là, on entend bien qu'elle travaille, mais à son rythme, celui de la marée, dans un mouvement si lent que le pont s'est formé, un pont que le courant, trop faible ici, n'arrive pas à disloquer, et qui tiendra bon jusqu'aux premières chaleurs du printemps.

Mais il craque et c'est le langage du fleuve en hiver, le clapotis étant celui de l'été. Si le clapotis peut ressembler à un agréable murmure, le craquement emprunte plutôt aux gémissements. Le pont craque en se soulevant avec la marée quand celle-ci fait le gros dos et il craque encore quand elle s'affaisse sous les jeux contradictoires de la lune.

Et puis, gémir n'est peut-être pas le mot juste. Peut-être qu'en craquant la glace bougonne. Tout simplement. Comme tant d'autres quand le froid devient trop vif et qu'il nous les gèle.

Marcher çà et là sur le pont.

Revenir à la grève et s'asseoir un long moment sur ses raquettes en rêvant à la semaine passée, à celle qui s'annonce.

Écouter craquer la glace comme on craque soi-même à la joie, à la douleur.

Un sport solitaire.

Sauf pour les variantes en soirée, quand la lune vient glisser sur le pont.

***

Infernal et démentiel, l'hiver a choisi ce jour de balade pour activer sa soufflerie et nous mettre de la neige plein les routes, plein les vitres, plein les yeux, les oreilles et le nez.

Il hurle comme un déchaîné, accouru du golfe et de l'estuaire avec un élan que rien n'arrêtera avant qu'il ne s'essouffle de lui-même au bout de sa colère.

Ce soir ?

Demain ?

– Vous allez y goûter, mes amis. Vous allez y goûter en maudit !

Nous y goûtons, en effet. Mais qu'allions-nous faire sur la route par ce temps impossible ? Nous avions couché à Sainte-Pétronille, protégée du nordet par trente-trois kilomètres de terres hautes et nous avions rendez-vous chez les Lemelin, tout à fait au bout de Saint-François. L'hiver était gris sans paraître trop vilain, mais en débouchant sur les coteaux du Haut-de-Saint-Laurent à la roche Maranda, il nous était sauté en pleine face avec toute la furie dont il s'était gonflé.

– Ça ne durera pas, avais-je dit, et nous avions poursuivi.

De fait, la neige se fit moins nerveuse au pied de la grande côte et jusqu'à Saint-Jean. Ça tombait et ça sentait méchant sans qu'on s'en aperçût trop trop. Mais en haut de la côte de Saint-Jean, oh ! monsieur le curé ! La tempête nous agitait ses draps blancs devant l'auto et les fantômes dansaient sur la route que c'était à n'y rien voir. On poursuivait uniquement en regardant, en parallèle, les parois des congères qui nous escortaient au-dessus des fossés et qui, à la vitesse réduite où nous roulions, nous auraient gentiment fait rebondir sur la route plutôt que de nous ouvrir la clé des champs.

Long exercice de patience dans l'angoisse de ne voir à peu près rien et de n'être pas vus, peut-être. Pourtant oui. Des phares surgis de nulle part dans des halos de blizzard se mettaient quasiment à l'arrêt au bord de la route et nous nous croisions en respirant à peine pour ensuite reprendre le centre de la chaussée avec des soupirs de soulagement. Dix kilomètres comme ça, à vitesse d'escargot jusqu'à l'église de Saint-François où nous fîmes halte. Le pire était encore à venir, cette diagonale au bout nord-est de l'île. Les Lemelin nous attendaient-ils encore à Argentenay par ce temps d'apocalypse ?

Tout à coup la miséricorde nous apparut dans toute sa grandeur. Une charrue arrivait elle aussi de Saint-Jean dans un nuage qui l'eût rendue invisible sans la débauche de ses clignotants multicolores qui perçaient la blanche démence. Après force signes, elle s'arrêta.

– Laissez-nous le temps de repartir et de vous suivre.

– Vous serez pas tout seuls !

Six autres autos et trois camions faisaient cortège derrière elle et on n'eut qu'à s'y joindre. On n'y voyait pas davantage avec toute la neige qu'elle soulevait et que le vent faisait tournoyer à la grandeur du décor, mais les feux arrière du véhicule qui nous précédait représentaient la totalité de notre salut. Hypnotisés par deux yeux rouges dans le néant blanc, nous n'avions plus qu'à les suivre.

– Jusqu'où penses-tu qu'elle ira ?

– Elle ira bien où elle veut, je la suivrai jusqu'au bout.

Elle fila tout droit devant la route d'Argentenay. Symboliquement, on envoya la main à nos amis et on suivit le chasse-neige jusqu'à l'église de Sainte-Famille. Là, c'était nettement plus calme et il ne nous restait plus qu'à revenir vers Sainte-Pétronille dans la même tempête. Le furibond ne lâchait pas, mais la route devenait plus navigable avec un vent arrière.

Arrêt involontaire à mi-chemin de Saint-Pierre où une remorqueuse sortait un pauvre bougre du paysage. Nous n'eûmes plus qu'à suivre, avec une patience infinie, jusqu'à la côte du pont que nous descendîmes avec un bonheur indicible pour rentrer à Québec.

– Tu parles d'un tour de l'île !

– Oui ! Quatre heures pour « quarante-deux milles de choses tranquilles ».

31

Saint-Pierre

« Gérard Aubin fait du fromage ; avant lui, son père en faisait ; avant lui, son grand-père et ainsi de suite depuis 1689, date à laquelle on trouve le premier Aubin à l'île d'Orléans. Et pas n'importe quel fromage, "le fromage raffiné", qui fait les délices des gourmets depuis au moins trois siècles. »

Je signais ces lignes dans *La Presse* il y a quarante ans, le 27 février 1965. Ce fromage délicieux, ma mémoire le goûte encore, et elle ne le goûtera plus qu'elle n'en oubliera jamais l'odeur.

« Sa fabrication est un "taponnage" peu ordinaire, écrivais-je, mais si jamais Gérard Aubin vous fait les honneurs de sa cave pour vous l'expliquer, ne manquez pas votre chance, c'est tout un poème.

« Dès qu'il entrouvre la porte de sa cave, il y a une de ces petites odeurs ragoûtantes qui vient se frotter contre votre nez. Et à mesure que vous descendez, ça prend de la consistance, cette chose-là ! Certains prétendent que le fromage de l'île a une odeur à vous faire croire que le petit dernier a son voyage.

«– Pantoute, dit Gérard Aubin. Il sent bon, mon fromage.»

Je voulais rencontrer Gérard Aubin depuis que j'étais arrivé à Québec, cinq ans plus tôt, et que tante Tony m'avait fait goûter à ce fromage. Elle m'envoyait l'acheter dans une petite épicerie au coin des rues Saint-Jean et Sainte-Angèle. Malgré toutes les précautions qu'il pouvait prendre pour l'envelopper, le marchand ne pouvait totalement en dissimuler l'odeur – peut-être, aussi, qu'il ne le voulait pas – et ça vous prenait à la gorge tout de suite en mettant le pied dans son magasin. Odeur surprenante pour qui ne se doutait de rien, odeur rassurante pour qui recherchait précisément le coupable de son origine.

Comment décrire? On disait mille sottises à son endroit, allant jusqu'à raconter à la blague qu'il mûrissait dans la bouse de vache mais qu'il goûtait mieux que ça.

Dans une monographie de 1911, J.-C. Chapais le comparait au Soumaintrain, un fromage français de l'Aube et de l'Yonne. Aujourd'hui, une amie française le compare plutôt à l'Époisses, du nom d'un village de Bourgogne qui a sa place au dictionnaire uniquement par la noblesse de son fromage.

«J.-C. Chapais rapporte qu'il se fait du fromage de temps immémorial dans les familles Aubin, Côté, Ferland, Gagnon, Goulet, Plante, Roberge et Rousseau. De père en fils et de mère en fille on a fabriqué le fromage toujours selon le même procédé et la tradition orale ne rapporte aucun lieu d'invention ni aucun nom d'inventeur. Questionné à ce sujet, Gérard Aubin lui-même, d'accord avec ceux qui ont abordé le problème, dit que "ça a dû être apporté de France". Mais qui a apporté ça de France et quand? L'histoire ne le dit pas. Chose certaine, le procédé de fabrication n'a jamais varié.»

C'était ça la magie du fromage «raffiné» de Gérard Aubin. Il y a des traditions architecturales, picturales, musicales et autres qui nous viennent des siècles passés, des traditions transmises par la vue, l'ouïe, le geste. Mais transmises par l'odorat et le goût, fors le vin, c'est plus rare. Des traditions gastronomiques vieilles de quatre siècles, vous en connaissez beaucoup? Vous avez déjà goûté à des fromages de la Renaissance?

D'abord, il était absolument délicieux et, ensuite, il racontait sur la langue et dans le palais l'histoire de ces dix ou douze générations de Saint-Pierrais qui ont déboisé, cultivé, élevé des vaches et fait du fromage à travers vents et marées; de ces Saint-Pierrais qui sont nés, qui ont trimé et vieilli pendant quatre siècles; de ces Saint-Pierrais qui ont joui et souffert de la vie; de ces Saint-Pierrais qui accompagnaient leur passage dans l'histoire d'un fromage apparemment insignifiant, à nul autre pareil, pourtant, et délicieux comme le précieux cadeau d'une mère, d'un père à ses enfants.

«D'une année à l'autre, je me dis toujours que j'arrête d'en faire. C'est tannant, je suis obligé de me chauffer au bois parce que, à l'huile, mon fromage prendrait la senteur. On a failli pas en faire cette année, mais ça nous coûte d'abandonner. On a toujours fait ça. Je pense bien que l'année prochaine...»

Gérard Aubin a désarmé en 1970 devant les instances gouvernementales qui s'énervaient devant un fromage domestique au lait cru.

Elles s'énervaient devant un fromage qui avait traversé quelques siècles sans causer de dommages connus, mais les instances gouvernementales, elles, sont bien connues, bien pasteurisées même, et Gérard Aubin a désarmé.

Lui qui disait: «Personne a jamais étudié ça. Moi, je sais comment le faire, mais je sais pas comment il se fait. Quelqu'un qui aurait étudié ça pourrait simplifier la fabrication, améliorer la production. Moi, je peux pas.». Ce cher Gérard Aubin a transmis sa recette aux gens de Fromages de l'Isle d'Orléans qui ont réussi à ressusciter l'autre petit fromage, le Paillasson, mais le grand «raffiné» n'est pas encore mûr.

Gérard Aubin est mort. Son fromage aussi. Tous les deux partis avec un parfum de siècle qui flotte encore sur Saint-Pierre.

***

D'après Nora Dawson*, «il ne faut pas s'attendre à trouver une maison qui remonte aux premiers temps, même sur l'île d'Orléans, où la survivance des vieilles maisons s'est prolongée beaucoup plus longtemps qu'ailleurs. Les plus vieilles maisons qui restent furent construites par la troisième génération ou plus tard. Celles dont la construction précède la conquête anglaise sont très rares. À ce qu'on dit, la maison Félix Goulet, à Saint-Pierre, fut construite en partie sous le Régime français et habitée pendant quelques semaines par les Anglais dans l'été de 1759.»

Question génération chez les Goulet de Saint-Pierre et de la maison en question, il y eut Nicolas, établi en 1672, puis Louis, Jean, Jean, Olivier, Félix, Félix, Félix, Ovila, Philippe et Claude, ce dernier encore là avec sa Jeannine et leur fille Claudine. Claudine est donc de la douzième génération. Quant à la maison ancestrale, dans les versants, à mi-chemin du fleuve et de la route actuelle, Philippe l'a vendue avec

---

* Nora Dawson, *La Vie traditionnelle à Saint-Pierre (Île d'Orléans)*, Les Archives de Folklore, Université Laval, Québec, Les Presses de l'Université Laval, 1960.

un bout de terrain et elle se promène d'un propriétaire à l'autre, tout en demeurant à la même place.

J'allais souvent la voir dans les années 1960.

Pour rien.

Comme ça.

Pour me retrouver à mi-pente du chemin Royal et du fleuve, ce fleuve qui était le chemin Royal de l'époque.

Je demandais la permission à son propriétaire, Ovila, de la neuvième génération, et il racontait tellement bien.

« On travaillait fort toute la journée. Le soir, on se couchait de bonne heure, on priait, on s'aimait et ensuite on dormait. »

Je revois encore le bon vieillard, tout lucidité, qui me racontait ça en voyageant dans sa berçante avec un large sourire et une étincelle dans les yeux. Naïf et crédule comme je suis, j'ai retenu la formule comme la définition même de « la belle vie ».

Ensuite, seul, je descendais dans les coteaux, dans les champs et j'allais voir la maison. Il y avait autour d'elle un silence qui semblait venir de très, très loin, un silence qui n'était pas désagréable à entendre. Bien conservée dans sa structure, sa charpente, elle servait plutôt de hangar, d'entrepôt ou de je-ne-sais-quoi, mais elle ne gâtait pas le paysage, loin de là. Il est bien rare que l'on puisse marcher à la fois dans l'histoire et le présent sans avoir besoin d'un livre, d'un guide, encore moins d'un philosophe, bien simplement, dans l'herbe qui entoure une vieille demeure où les gens ont tout bonnement travaillé, prié, aimé et dormi comme vous voudriez le faire à l'occasion, loin de votre ordinateur et de la sirène des pompiers, de la police ou des ambulances.

Un jour, j'y allai avec mon ami Stéphane Golmann et sans doute cela l'intéressait-il moins que moi, car il se mit à regarder où il mettait les pieds. Bientôt, il s'agenouilla pour passer sa main dans le trèfle autour de lui.

– Mais que faites-vous, Stéphane ?

– Je cherche des trèfles à quatre feuilles.

– Vous croyez qu'il y en a ?

– Mon cher ami, dans une talle de trèfle, il y a autant d'individus à quatre feuilles qu'il y a d'idiots dans un grand village. Moi, j'en fais des bouquets.

Et, sur un air de *Marie-Josèphe*, il en fit un.

***

Souvenirs de chasses au canard avec Réal à six heures du matin sur les berges de Saint-Pierre alors que, de neuf à cinq, en pleurant presque, j'étais enfermé au dernier étage du ministère de l'Éducation pour rédiger les communiqués accompagnant la publication du rapport Parent.

Souvenirs de longues promenades sur les coteaux du premier versant avec, ici ou là, le bonheur d'une conversation avec quelque cultivateur qui descendait de son Massey-Harris pour en rouler et en fumer une avec moi au bord de la clôture.

Et pourtant…

… Saint-Pierre est la malaimée des municipalités de l'île.

Le pont de toutes les élégances y aboutit à batture et à pente qui débouchent soudain là-haut sur des marquises de stations-service qui font mal aux puristes du décor bucolique. Ce sont quand même de bons endroits pour faire le plein à la pompe et au guichet automatique, tout en faisant le vide à la porte de côté.

En plein village, la *Coop* ne s'est pas forcée, elle non plus, pour intégrer son bâtiment de quelque façon à l'architecture ambiante.

Jusqu'au THÉÂTRE DE L'ÎLE qui croit que sa signature géante sur le toit d'une grange est un apport aux élégances culturelles de la municipalité.

Saint-Pierre est également coupable d'avoir ouvert un emplacement résidentiel en bungalows multicolores pour ses enfants nés-natifs qui travaillent hors de l'île et qui se meurent d'y revenir tous les soirs.

Bref, une mal-aimée est une mal-aimée et il n'y a pas de reproches qu'on ne puisse lui adresser si on y tient absolument. N'empêche que, comme Saint-Pierre est bien pourvue en vergers et en cultures maraîchères diverses, on chercherait vainement au Québec une municipalité aussi riche en multiples saveurs, là, au bord du chemin.

32

Le pont

Il n'y avait pas de pont
dans mon temps.
On était toujours en bateau.

L'acier n'aura jamais été plus élégant et ne se sera jamais balancé dans plus aimable paysage, invraisemblable résultat d'intrigues, de polémiques et d'injures.

Les peintres Horatio Walker et Clarence Gagnon n'en voulaient pas, le folkloriste et ethnologue Marius Barbeau non plus, l'idéal étant de garder à l'île sa virginité paysanne.

On parlait de sa construction depuis Adam et Ève, à peu près, mais elle ne fut entamée qu'en 1933, grâce au krach de 1929. L'effondrement des cours de la Bourse sur Wall Street et la crise économique qui s'ensuivit forcèrent le gouvernement libéral du premier ministre Louis-Alexandre Taschereau à accélérer sa réflexion et à procéder aux travaux, pour alléger un tant soit peu le chômage dans sa propre circonscription électorale, celle de Montmorency, qui englobait tout le territoire de l'île.

Ce fut l'occasion d'un chahut politique comme les aimait Maurice Duplessis, chef des conservateurs à l'Assemblée législative et qui allait fonder un nouveau parti, l'Union nationale, en 1935, année même de l'inauguration du pont.

À Taschereau, qui annonçait en chambre que le pont serait construit près du grand saut – la chute Montmorency –, Duplessis répliqua du tac au tac : « Ce saut échappe l'eau » ou « ce sot est Chapleau ». L'histoire ne semble pas avoir retenu l'identité de ce Chapleau que Duplessis voulait ridiculiser, un des proches collaborateurs de Taschereau, peut-être, car Adolphe Chapleau, un bleu comme lui, ancien premier ministre et lieutenant-gouverneur du Québec, était décédé depuis 1898.

Durant la campagne électorale qu'il devait remporter l'année suivante, Duplessis ne se gêna pas, non plus, pour affirmer que le gouvernement Taschereau était à l'image du pont qu'il avait fait construire, « croche, suspendu dans le vide et près de la chute ». La blague était si bonne qu'elle fit le tour du Québec en même temps que l'anecdote des « culottes à Vautrin », ce ministre maladroit qui avait ajouté une paire de « breeches » à son compte de dépenses pour ses déplacements en pays de colonisation.

L'embauche des travailleurs sur la côte de Beaupré et sur l'île fut également l'occasion de multiples litiges engendrés par le favoritisme politique, chose si habituelle en pareilles circonstances que personne n'en parle plus, sauf quelques vieillards qui se souviennent que « ton père avait slacké mon père sur le pont et ça n'a jamais été remis ni oublié ! » et qui votent en conséquence aux élections municipales.

Le pont ressemble à une esquisse allongée du pont Pierre-Laporte, construit trente-quatre ans plus tard, en

1969, et c'est peut-être cette élongation qui fait son charme dans un décor somptueux auquel il emprunte et auquel il ajoute.

Au départ, il profite en effet d'un rideau de scène d'une blancheur immaculée, haut de quatre-vingt-cinq mètres, la chute Montmorency ; à l'arrivée, il est accueilli par les falaises de la faille de Logan où les saisons jouent de toutes leurs couleurs, et dans sa course il survole d'un pas de ballet ce bras du fleuve où les marées revoient inlassablement la mise en scène.

Ce qu'il ajoute ? Il réunit à lui seul tous les éléments du spectacle.

Tout le monde veut le photographier. D'une rive ou de l'autre sur fond d'île ou de chute, du bateau sur fond de Vieille Capitale ou de mont Sainte-Anne, du haut des airs sur fond de fleuve et de grandeur.

Ce pont est l'œuvre des ingénieurs Charles-M. Monsarrat et Philip-L. Pratley. Monsarrat fut l'ingénieur en chef responsable du parachèvement du pont de Québec en 1917. En 1921, il s'associait à Philip-Louis Pratley dans un cabinet d'ingénieurs-conseils qui allaient contribuer à la conception et à la réalisation du pont Jacques-Cartier, à Montréal, en 1930, et à celles du pont de l'île en 1933.

Incidemment, l'ouvrage prit d'abord le nom de pont Taschereau lors de son inauguration le 6 juillet 1935, mais, ô surprise ! il devint le pont de l'Île après que Duplessis eut gagné les élections d'août 1936, nom consacré par une des belles chansons de Félix Leclerc en 1950.

Si beau et si utile qu'il soit, le pont a un défaut qui est l'envers d'une de ses qualités. Il est étroit, ce qui, en quelque sorte, réduit la circulation à ce que l'île peut absorber avec son chemin Royal à deux voies comme lui. Mais avec ses soixante-dix ans, d'importantes réparations s'imposent dans un proche avenir sur un tablier qui ne connaît plus le moindre répit, et il ne semble pas qu'on puisse procéder à la chirurgie sans le fermer complètement durant plusieurs semaines. Même en ne fermant qu'une seule voie, ce serait déjà un cauchemar.

Or, en soixante-dix ans, d'une population d'agriculteurs et de villégiateurs, l'île est passée, en majeure partie, à une population de travailleurs qui vont et viennent quotidiennement entre l'île et la terre ferme, qu'ils soient professionnels ou simples manœuvres.

Que fera le médecin appelé à Québec en urgence ? La secrétaire de l'Assemblée nationale dont la famille est incrustée dans l'île ? Les élèves qui doivent traverser dès le secondaire ? Les agriculteurs qui ont un plein chargement de choux chinois à livrer à New York ? Les camions-citernes qui font le ramassage dans les fermes laitières ?

Se poser ces questions, c'est soudain découvrir une autre des grandes commodités de ce pont merveilleux : non seulement il permet d'accéder à l'île, mais il permet également d'en sortir.

Montréal, 9 février 2006,
en l'anniversaire de
la charmante Popie

Ouvrages consultés

AUBIN, Henri, *L'Île d'Orléans, pays des sorciers*, chez l'auteur, Saint-Pierre, Île d'Orléans, 1983.

AUBIN, Henri, *L'Île d'Orléans de Félix Leclerc*, Québec, les Éditions de la Liberté inc., Québec, 1989.

BARBEAU, Marius, *Québec où survit l'ancienne France*, Québec, Librairie Garneau limitée, 1937.

BOURQUE, Pierre-André, et UNIVERSITÉ LAVAL, 1997-2004, Planète Terre, http://www.ggl.ulaval.ca/personnel/bourque/intro.pt/planete_terre.html

DAWSON, Nora, *La Vie traditionnelle à Saint-Pierre (Île d'Orléans)*, Les Archives de Folklore, Université Laval, Québec, Les Presses universitaires Laval, 1960.

Dictionnaire biographique du Canada, volumes I à XIII, Québec, Les Presses de l'Université Laval.

GODFREY, W. Earl, *Les Oiseaux du Canada*, Musées nationaux du Canada, 1986.

Guide d'observation des oiseaux, Montréal, Sélection du Reader's Digest, 1996.

HARPER, J. Russell, *La Peinture au Canada des origines à nos jours*, Québec, Les Presses de l'Université Laval, 1966.

KAREL, David, *Horatio Walker*, Québec, Musée du Québec, Éditions Fides, 1986.

LAFRAMBOISE, Yves, *Villages pittoresques du Québec*, Montréal, Les Éditions de l'Homme, 1996.

LAHOUD, Pierre et Henri DORION, *Le Québec vu du ciel au rythme des saisons*, Montréal, Les Éditions de l'Homme, 2001.

LEMIEUX, Louis, *La Grande Oie blanche*, Société zoologique de Québec, 1961.

LESSARD, Michel, *L'Île d'Orléans : Aux sources du peuple québécois et de l'Amérique française*, Montréal, Les Éditions de l'Homme, 1998.

LÉTOURNEAU, Raymond, *Sainte-Famille : l'aînée de l'île d'Orléans*, Corporation des fêtes du tricentenaire de Sainte-Famille, île d'Orléans, 1984.

LÉTOURNEAU, Raymond, *Un visage de l'île d'Orléans : Saint-Jean*, Corporation des fêtes du tricentenaire de Saint-Jean, île d'Orléans, 1979.

OTIS, Pascale, « Les contes de Mère l'Oye », *Le Naturaliste canadien*, vol. 127, n° 1, hiver 2003, la Société Provancher d'histoire naturelle, Québec.

POULIOT, J.-Camille, « La grande aventure de Jacques Cartier », dans *Glanures gaspésiennes*, Québec, 1937.

POULIOT, J.-Camille, *L'Île d'Orléans, glanures historiques et familiales*, Québec, 1927.

POULIOT, J.-Camille, *Québec et l'île d'Orléans. Évocations historiques*, Québec, 1927.

ROY, Pierre-Georges, *L'Île d'Orléans*, Québec, Imprimeur du Roi, 1927, réédition, Québec, Librairie Garneau limitée et Éditeur officiel du Québec, 1976.

VALOIS, Gaétan, *Minutes retrouvées*, Montréal, Éditions Fides, 1953.

Vieux manoirs, vieilles maisons, Commission des monuments historiques de la province de Québec, Québec, Imprimeur du Roi, 1927.

Cet ouvrage a été composé en Berthold Garamond corps 12/14
et achevé d'imprimer sur les presses de Quebecor World
L'Éclaireur/Saint-Romuald, Canada, en avril 2006.